Awarded Novels
长青藤国际大奖小说书系

阁楼里的秘密

The Callender Papers

〔美〕辛西娅·沃伊特 著　麦倩宜 译

晨光出版社

如果有人肯给你一把阁楼的钥匙，
别害怕，勇敢地拧开门锁，
看看你会发现什么样的故事……

开启阁楼的钥匙

辛西娅·沃伊特作为美国最著名的儿童文学家之一，一生撰写了许多经典之作，获奖无数。本书荣获美国爱伦·坡最佳青少年推理小说奖，在辛西娅的作品中，算是类型最为特别的一部，但她在书中阐述的主题仍然是青少年的成长。这个矗立在十九世纪美国乡村的阁楼，见证了一个十二岁女孩特别的成长心迹。

书中的马波罗村是一个浪漫的小乡村，那里有被郁郁葱葱的树木包围着的古宅，有奔腾的瀑布、曲折的林间小路、炊烟、淳朴的村民和忠实的管家……这样一个风景秀美、有如世外桃源的地方，却因为卡兰德一家的存在而蒙上了阴郁和罪恶的阴影。一个当过逃兵的画家，终日与坐过牢的管家为伴，蜗居在卡兰德大宅里，极少外出，与妻子的弟弟关系恶劣，老死不相往来；村民们闲话纷纷，指指点点，多半是十年前画家妻子离奇的死亡，以及画家孩子神秘的失踪事件。村里的气氛由此变得扑朔迷离，连负责寄信的小店老板都会用一双怀疑的眼光，犀利地打量每个陌生人。

在这样疑雾重重的环境里，十二岁的琼独自面对着古宅阁楼里的十二箱文件，这些卡兰德家族的文件已经被尘封了十余年。此时的琼还不知道，在这幢古宅里，被尘封的不仅仅是文件，还有许多人的心结。她也无法预知结局，原本以为只是来做一件单纯的工作，却不想正一步步陷入两个早已布好的局中：其中一个是用最深沉的爱织成，只为了放手让她去成长；而另一个则充满危险和阴谋，需要她的慧眼去判断。

爱与罪恶都在阁楼里，有人却肯信任你的判断能力，给你一把钥匙让你独自去发现。习惯了被爱，有时我们对于罪恶的敏感度，反倒会远远高于爱。一开始，我们也会像琼一样，被一个个谜团所吸引，总以为罪恶的面纱就要被揭开，最丑陋的现实即将暴露在阳光之下。即使真相从来不会浮于表面，只要好好想一想，冷静而理智地分析，我们总能发现谜案的破绽。这就是推理的魅力和乐趣。然而，这个故事要讲述的，与其说是一宗谜案的推理，不如说是一场关于爱的推理。又或者说，相较于爱，推理命案是简单的，我们却需要更多的敏锐和感恩，才能感知爱的深沉。

看到故事的最后你才会明白，要有多么包容的心和多么可贵的信任，一个呵护你的人才会把"阁楼"交给你，放手让你去成长。因此，如果有人肯给你一把阁楼的钥匙，别害怕，勇敢地拧开门锁，看看你会发现什么样的故事，会成为什么样的人，看看十三岁与十二岁究竟有什么不同。

阁楼里的秘密

The Callender
Papers

Contents
目录

这画中的树影和幽暗的河水里，
却隐藏着某种慑人的东西，
仿佛那不断扩张的黑暗即将一跃而出，
占领那片安详的美景。

第一章

从马波罗来的信

　　打从我很小的时候起，康丝坦姨妈就这样教我："凡事都要好好想一想。"这是她最希望我具备的能力。有一次我跟她抱怨，说教拉丁语的女老师对我比对其他女生都要严格，她便严肃地告诉我："好好想一想，琼，想一想到底是不是这样，不然你会白白郁闷的。"我最讨厌喝豆子汤，一喝就反胃，她也不生气，总是平静地问我："你要是好好想一想，还会让自己的胃来决定该做什么吗？"我很烦温赖特学院的女生，她们老是动不动就吵架，吵个没完。姨妈便语重心长地说："在我们这个时代，女孩并没有多少选择的机会，仅有的那么几次，就会关系到未来的幸福。你得学聪明点，去想想她们为什么会吵，而不是一味厌烦。好好想一想，这些女孩其实只是在玩选择游戏，而这也是学校希望教给她们的能力。吵着吵着，她们也许就会更加了解人心，等到今后面临重大选择的时候，就会更加明白自己要走的路。所以，也许有些争吵看起来琐碎又烦人，可是我向你保证，吵架也是一门需要学习的功课，自有它的好处。"

她的话总是很有道理，让我不得不同意，尽管有时候我会坚持自己的想法，不被她的强势和冷静所影响。但我对她是真的又敬又爱，而且，我有充足的理由感激她。这一点是我自己想明白的，她从来没有提起过——

虽然我跟她姓，但我一直都很清楚，康丝坦·温赖特小姐和我并没有任何血缘关系。自从记事以来，我就知道这一点。可我完全不记得是怎么来到她身边的了。不过这也没什么好奇怪的，康丝坦姨妈常常对我说："那时候你还是个不懂事的小娃娃呢，还得抱在我怀里。当时我是想着，我把你抚养长大，可以跟我做个伴。"她从来不提我的父母，我也从来不问。我相信，如果她知道真相，而且觉得告诉我对我有好处的话，她一定会告诉我的。其实这么多年来，我从来也没想过我妈妈会是谁。为什么要去想呢？康丝坦姨妈已经是所有孩子都会想要的好妈妈了，而且还是一个亲密的朋友，一位严格的老师。在她的呵护下，我从来也不认为自己是一个孤儿，我只是康丝坦·温赖特小姐的侄女，一个幸运的孩子。

一八九四年那个混乱不安的夏天发生了许多事，几乎改变了我后来的人生道路，但我对康丝坦姨妈的感情却一直没有变。那年夏天我将满十三岁。后来我才知道，那些事早在许多年前便已经展开了，不过，我亲身参与的离奇经历，是开始于四月的一个晴朗的星期六早晨。

那天早上，康丝坦姨妈叫人来通知我去一趟。当时我正在厨房外面的花园里干活儿，只好急急忙忙去洗了洗手，换了一件新围裙，就跑去她的办公室。我感觉情况有些不寻常，康丝坦姨妈平常很少会在星期六找我。平时我要忙着做功课，照顾年纪比我小的孩子，只有到了星期六才能放松一下，做做自己的事，一般只要在吃饭的时间出现在餐桌前就行了。像这样的春天的星期六早上，我大多在花园里打杂，下午去剑桥那边散散步。

我整理好衣着，敲了敲康丝坦姨妈办公室的门，听见她说："进来。"我轻轻地推开门，看见她坐在大橡木书桌后面，神情庄重而温和，一副标准的校长模样。她大概四十五岁，黑黑的头发里已经染上了些许银灰色，身上朴素的衬衫和她的眼睛一样，也是灰色的。她很漂亮，身材修长挺拔，五官端正，那双灰眼睛十分锐利，似乎一眼就能看穿别人的心思。此刻她朝我笑了笑，神色柔和了很多。康丝坦姨妈只是看上去比较严肃，实际上她温和又慈爱，这一点我可太了解了。

"琼，进来吧。你刚才在花园里干活？"她说。

"是啊。"我伸手一看，不好意思地发现指甲缝里还沾着泥巴，于是连忙解释道，"我把土重新翻了一遍，下个星期如果天气好的话，我就种点东西。"

"嗯，我不会耽误你太多时间的。你还记得蒂尔先生吧？"

"当然记得。"我答道。蒂尔先生给温赖特学院捐了很多钱，是学院的理事之一。不过他脾气不好，又没有耐心，说话总是直来直去毫不客气，所以和别人相处得不太好。每年他都会来和我们吃一两次饭。我觉得他一向都不怎么注意我，但奇怪的是，有时我在餐桌上抬起头，却又会撞见他正盯着我看。他好像特别喜欢跟康丝坦姨妈拌嘴，要知道，别人可都不敢这么做。而姨妈也不甘示弱，两人总是唇枪舌剑地斗嘴，很好玩。就冲这一点，我还是挺欢迎蒂尔先生来吃饭的。

"他写了一封信给我。"姨妈说着，指了指面前的一张纸。

"他向你求婚了？！"我惊讶地脱口而出。我一直觉得蒂尔先生对康丝坦姨妈有意思，不然他为什么会捐那么多钱给她办学校，却又不肯出席校理事会的会议？又为什么会那么喜欢跟她一起吃饭，即使两人边吃边吵？

"这我倒没听他提起。"康丝坦姨妈面不改色地答道，"不过这封信里提到的事，比求婚还令人意外呢。你看一下，告诉我你的想法。"

信写得简短而直接：

亲爱的温赖特小姐：

你还记得我家阁楼的事吧？这么多年来，我住处的阁楼里堆积了卡兰德家族大量的记事录，成堆的文件没有分类处理。为此我深感良心不安。这些文件必须要一份份仔细看过，然后再决定是销毁还是保留。但这工作太枯燥琐碎了，我是做不来的。

所以，我想问问你有没有好的人选推荐。当然，最好是找个男孩；不过，由于你的固执，贵校并没有男学生，那你能找到一个合适的女学生来帮忙吗？这个女孩的年纪一定要小一些，成年女子若到马波罗村来，可能会遭人说闲话。

她还得会几种外语，能自行判断一份文件的价值（这种事情尽量不要来烦我）。她还要很可靠，有活力，有礼貌，独立自主，心思敏锐，性格率直。你有这样的人选吗？我首先想到的是你那个古怪的小侄女。

我会提供丰厚的薪水。另外，我寓所的管家是巴沃太太。

丹·蒂尔

"看完了。"我把信还给康丝坦姨妈。

"觉得怎么样？"她盯着我问。

我用她常常教我的话来回答："这件事，我们一定要好好想一想。"

"嗯，是该好好想一想。对于你这个年纪的孩子，这可不是一个普通的机会。"

"我明白。"

康丝坦姨妈把双手叠放在书桌上，说道："蒂尔先生一定会对你非常满意的。"

"那份薪水对我也会有帮助——我想攒钱去上和丽山女子学院。"我接着说。这是我的理想：去和丽山女子学院念大学，然后回到温赖特学院教书（温赖特学院只是一所中学）。最后，如果够格的话，我就接替姨妈来当校长。姨妈也赞成我这个计划。我又说道："可是，我不明白为什么蒂尔先生会首先想到我。"

"你要相信他有他的理由。"

"可能是小孩子吃得少，薪水也可以给得少吧？"我说。

"也许吧。"她依然盯着我，"蒂尔先生是个怪人，不太好相处哦。"

"但你认为他的人品肯定没问题？"

"是的，他和我是一类人。"

"我不会不喜欢你认同的人，姨妈。"这是我的真心话，"而且，我不用经常跟他见面吧？"

"或许不用。"她思索了一分钟后，又说，"那你再考虑一下，要不要接受这份工作。"

"好的。"

"你不了解的情况还有很多，我会尽量讲给你听，然后你再好好想一想。我们明天给蒂尔先生回信。"

我等她开始给我讲，但这对她而言好像不太容易。最后她终于开口了："我们让马莎送壶茶来，去会客区那边聊吧。"

康丝坦姨妈的办公室分为两部分，一部分是办公区，那里除了书桌以外，还有书架和两张直背椅，旁边是一排大大的窗户，白天光线明亮。康丝坦姨妈坐在那里时，就是一副公事公办的模样，一本正经，精明干练，说话干脆利落。另一部分则是会客区，放着两张椅子，壁炉边摆了一张小沙发。这两张椅子非常柔软舒适，椅面绣着充满异域风情的花鸟图案。小茶几上放着茶具，学生家长或者别的什么人来，一般会坐在这里和康丝坦姨妈讨论。这个角落阴影错落，照射过来的光线也变得异常柔和。

马莎端了一壶红茶进来，放在康丝坦姨妈面前。姨妈一言不发地替我倒茶，往里面加了许多糖和牛奶，她自己的茶杯里只放了一片柠檬。倒茶的过程中，她一直在想着什么。我凝视着她的脸庞，试图猜测她的心思。

我提议道："也许，沃西小姐是更好的人选呢？她不是小孩，年纪虽然大了一些，但也应该还行。"

姨妈笑了起来："你可不了解马波罗那个地方。你从小在城市里长大，不知道乡村里的情况，尤其是，那还是个只有一个大家族的村子。我们都很清楚，沃西小姐不是惹是生非的人，可是村里人的想象力可丰富着呢。"

"为什么有些人总喜欢议论别人呢？"

"有时候，人们愚蠢得难以想象。"姨妈说着，又轻轻加上一句，"但有时候，也可以善良得让人难以想象。"我看着她，心想如果是在光线明亮的办公区，或者平整的书桌后方，她绝不会说出这么模糊的话。

"马波罗是个小村子，在伯克夏山区里。村里的人原本大多都是农民，或者做着与农业相关的工作。大约二十年前，一个叫乔赛亚·卡兰德的有钱人，决定退休之后去那里定居。他会选择那里，实在很令人钦佩。他在村里买了一大片土地，其中大部分都以很便宜的价格租给了村里的农民，只留了一块地盖房子。他先是盖了一幢大房子，和女儿艾琳一起住；然后又在附近盖了一幢小一点的房子，给他的儿子伊诺克与新婚妻子住。卡兰德家族便这样在马波罗定居了，直到现在也还住在那里，就像以前欧洲的大地主一样，世代居住在某一个地方。

"我认识艾琳·卡兰德，所以才知道这些事。十几岁的时候，我跟艾琳一起住在纽约州。她一直很支持我的理想，也多亏了她的大力协助，这所学院才得以成立。艾琳和我过去是很好的朋友。"

从姨妈的语气和声调中，我猜想她的这位好友已经不在人世了。

"艾琳的一生都过得很辛苦。她家境很好，但家里老是噩运不断。她妈妈在生伊诺克的时候难产死了，那之后她便努力地照顾这个比她小六岁的弟弟。她身材高大，并不算漂亮，皮肤和头发都是深色的，五官的轮廓又太硬朗，而且总是正儿八经、不苟言笑，也不爱打扮。这还不算，总共就没有几个男人追求她，她却还不信任那些人，总是怀疑他们只是贪图她的家产。其实，她怀疑得也没错。

"她这一生差不多都奉献给弟弟和爸爸了。一家人搬到马波罗村的时候，大家都以为她这辈子都要当老姑娘了。话说回来，她也很满足于单身的生活。可谁也没想到，在马波罗她却认识了丹尼尔·蒂尔，还嫁给了他。"

"蒂尔先生？"我诧异地问，"她怎么会喜欢他呢？"

"她爱他，欣赏他的画，也认同他在南北战争期间的做法。"

"他有什么做法？"

"他拒绝当兵，就像思想家梭罗先生一样。只不过，蒂尔先生家没有钱，也不认识什么有权有势的人，他只是一个农民的儿子。他爸爸虽然有自己的田地，却也没有能力让儿子受更多的教育，也花不起钱请人代儿子参军。因此，当征兵令下到家里时，蒂尔先生就跑了，跑到山里躲了起来。"

"原来他是个逃兵？！"我不禁叫起来。以前我听老师说过，逃兵都是胆小鬼，人品不好。像康丝坦姨妈家就不一样，她两个哥哥都在南北战争中战死了，爸爸去战俘营里传教，由于当地环境恶劣，去了不久就不幸得病去世了。

"那他怎么会和你是朋友呢？"我又问。

康丝坦姨妈笑了笑，答道："他是一个很有个性的人，跟他交上朋友可不容易。但我很信任他。当年他逃走之后，他的家人觉得很丢脸，就全都搬走了，田地也卖了。战争结束后，蒂尔先生又回到了马波罗村，可村里人都不愿跟他来往，不过我觉得他并不在乎。后来他娶了艾琳，两人住在卡兰德大宅里，过着平静快乐的生活。只可惜，那样的日子只维持了四年。四年后他失去了艾琳，也失去了他们的孩子。在马波罗这个小地方，这可是件大事，永远都有人说闲话。于是，他又变成了与世隔绝的隐士，整天窝在大宅里，陪伴他的只有他的管家——一个坐过牢的女人。"

说到这里，康丝坦姨妈又端起茶壶倒了一杯茶，然后接着说道："我猜，蒂尔先生只有在来波士顿的时候才会见外人，为的是把他的画交给经纪人，再有就是跟我们一起吃饭。"

"难怪我总觉得他在餐桌上的举止不太得体。"我说。

"是啊。"姨妈笑道。

"那信上提到的这个巴沃太太就是他的管家吗？她为什么会坐牢？"我问。

"好像是因为偷东西——偷的是茶匙还是胸针什么的，在她以前的雇主家里。据说，是因为她有个弟弟得了重病，快要死了，需要吃药，而她家里又买不起那种药。但不管怎么说，她终归是犯了盗窃罪，于是被送进牢房，关了十年。"

"那蒂尔先生怎么还会找她做管家呢？"

"她以前的雇主，就是蒂尔先生的小舅子——伊诺克·卡兰德。"

我静静地坐着，好好想了一会儿，总结道："那这么说来，请我去干活的是一个不幸的家庭。"

"是的，在这样的家庭里工作会很不容易。"康丝坦姨妈承认。

"但你认为我能做好？"

"我相信你有能力做好。"她说，"我担心的是那些人。"

第二章

巴沃太太的罪孽

我决定接下这份工作，因为康丝坦姨妈也同意了，而且也认为我能够做好。其实她一提出来，我就知道自己会去的，但我还是听她的话好好想了一下。或者说，我按照她的希望，尽力去想过了。她总是教导我要好好想一想，我不知道是不是因为她太了解我，认为我的性格太急躁，又有些任性。我总是会努力地顺着她的意思去做。她其实跟我一样，很小的时候就没有了爸妈，是被一个远亲抚养长大的，后来只得到了一笔微薄的遗产，勉强能维持生活，供自己上学。但她一直都很坚强，我希望自己也能和她一样。早年的不幸让她磨砺出一颗善解人意的心，以及一种珍贵的智慧。

那天晚上，我坐在书桌前，想着蒂尔先生提供的这个机会。我得承认，一想到能够真正地工作，赚点钱存起来留着以后上大学用，我就会忍不住陶醉。但我又提醒自己，不应该这么看重这笔收入。这份工作最困难的部分可能会是孤独吧。不过，虽然习惯了康丝坦姨妈的陪伴，但我相信自己也可以忍受一个人的日子。

最后，我们约定好了，从七月到八月的这段时间，我为蒂尔先生整理他家阁楼里的文件，而他会在这个夏天结束的时候，付给我四十美元。此外，在工作期间，我的一切开销也由他支付。

康丝坦姨妈请来裁缝，给我做了两件款式简单轻便的蓝色长裙，衣领和袖口是白色的，用的是结实的防水布料。衣服在我出发前不久送来了，盒子里除了那两件普通的长裙，还有一样令我惊喜的东西。那是一条又轻又软、优雅秀气的连衣裙，玫瑰红的底色上印满了小碎花。我一下子愣住了，说不出话来。

"你喜欢这条裙子吧？"康丝坦姨妈看出我的反应，笑容满面地说。

"很喜欢，谢谢你！"我真心地说，又问道，"可是，为什么要送这件衣服给我呢？"

"你可能会需要，也可能用不上。我是想着，如果你遇到这样的场合，真的需要一件这样正式的衣服，那这个料子做的应该会很好看。还有一个原因就是，我会想你的，我们还从来没有分开过这么久。"

我明白她在担心什么。我对这份工作当然也有一些忧虑，随着出发的日子逐渐逼近，我心里的焦虑也在一天天地增加。人总是这样，最初想到一个大胆的念头时，往往会觉得兴奋和跃跃欲试；可到了真正要实现它的时候，却又开始担忧害怕起来。我安慰自己这是人之常情，但仍旧觉得很不安，有些道理说得容易，要做到却很难。

出发前和大家吃最后一顿早餐时，我真怕自己会忍不住哭出来，一点胃口也没有，差点连鸡蛋和吐司面包都没吃下去。

"你会经常给我写信吧？"康丝坦姨妈问道，她和我一样也吃得很少，"我很想听你讲讲工作的情况，也想知道你和那里的人相处得怎么样。马波罗的景色很美，我有好多年没去过了。你记得在哪站下火车吗？"

"北亚当站。"我答道，"蒂尔先生会去接我；如果他临时有事不能来接，我就直接到奇泽姆大饭店去等他。饭店就在火车站正对面，过了马路就到了。"

"嗯。你要记住，如果你想提前回来，蒂尔先生和我都会谅解的。"康丝坦姨妈说。

我点点头，一言不发。

"你还这么小，我都开始怀疑，我们这么做到底合不合适了。"她又说。

我强打起精神，故作轻松地说："我们只能试试看了。你不是老跟我说吗？女孩子也要像男孩子一样勇敢。"

"男孩子有时会有勇无谋。"

"嗯，但我们不会这样，对吧？我不会茫然无助的。"

她笑了起来，说道："看看，你倒安慰起我来了。是啊，你不会茫然无助的，你很健康，又坚强乐观，一个人也能过得很快乐，而且还很勇敢。对不起，亲爱的，原谅我刚才的胡思乱想。可是，男孩子也好，女孩子也罢，都是难以预测的生物，你的人生阅历还不多，现在我又担心你这么纯真，能不能保护自己了。"

姨妈把我送到波士顿火车站，帮我在从波士顿开往缅因州的火车上找到座位。我把皮箱和装午餐的篮子放好。

"我会想你的。"我向姨妈道别。

"嗯，你会好好的。"她也给我打气，让我安心。

火车头喷出了黑黑的煤灰和浓浓的蒸汽。我探身到车窗外，向康丝坦姨妈挥手道别，直到她消失在视线之外。然后我坐下来，努力想些开心的事。从波士顿到北亚当站，一共有一百多公里，我还从来没有出过这么远的远门。我决定好好享受旅行，暂时忘记目的地，忘掉在旅途的终点等着我的那些人和事。

火车轰隆隆地行驶着，穿过波士顿郊区，经过我所熟悉的田野平原。渐渐地，城市被远远地抛在后面。到了下午，窗外的田野已经换成了山峦，轨道两边满是郁郁葱葱的林木。火车横越河流，经过湖泊，阳光照射在水面上，一片波光粼粼。一路上不时能看见农家小孩站在铁轨旁边，瞪大眼睛好奇地往车厢里张望。

日落时分，火车抵达北亚当站。夕照的光影更增添了空气中的寒意。我鼓足勇气跳下车，心想即使蒂尔先生没有来接我，我也不怕，我知道该怎么办——我会走到街对面的饭店，在那里住一晚。如果他一直都不现身，那我第二天就回剑桥。

但我并没有机会面临这样的困境。蒂尔先生站在站台的一处阴影里等着我，宽大的帽檐遮住了眼睛。我站在他跟前好一会儿，他才伸手接过了我的皮箱。

"嗯，你来了。"他说。他的身材比我记忆中的还要高大。

"是的。"我答道，一时想不出别的话说。

"我以为你会在最后一刻改变主意。"

"但你也看到了，先生，我并没有改变主意，我这不是来了吗？"

"是啊。"他应着。我们就那样站了好一会儿，然后他说："我们直接回马波罗去。"他并没有问我坐了几个小时的火车累不累，也没问我要不要先在饭店住一晚，休息一下，明天再走。

"好吧，我还可以再赶一趟路。"我回答。于是他转身带我走出车站。车站前停着一辆马车，他打开车门，先把我的皮箱放上车，再扶我坐上去，然后自己爬上驾驶座。

这时他突然转过头来，在黑暗中问我："你吃过晚饭了吗？"

"还没有，先生。"

"你刚才应该告诉我的。"他嘀咕了一句。

我们坐在饭店里吃饭。确切地说，是他在看着我吃。他说在等我的火车到站时，他已经吃过了。

被一个沉默且没有耐心的陌生人紧盯着，真让人食不下咽。我觉得很别扭，吃得很慌张，本来还想再吃些甜点，可是怕他等得不耐烦，就放弃了。

"你不该这样。"我们在一片寂静黑暗中走回停在街边的马车时，他忽然说了这么一句。

"不该怎样？"

"为了怕给别人添麻烦，而放弃你想要的东西。"

"对不起。"我不假思索地道了歉，随即又生起气来，不客气地指出，"可你摆明了要急着赶路啊。"

"我当然急，"他回答，"但你不应该因此而受到影响。你康丝坦姨妈就不会这样。"

"也许不会。"我表示同意，又说，"也许也会。不过如果换了她，她一定会处理得很得体，让你根本就注意不到。"

"那倒是。"他也认同，就不再说什么了。

马车在昏黑的道路上前进。刚开始时，我只能看见他的背影。看他娴熟地驾驶着马车，我忍不住胡思乱想起来：这个黑暗中的身影，有可能是任何一个人，会把我载到任何地方，就像一个恶魔，会把我带到某个阴暗的目的地……他一声不响，既不说话，也不吹口哨。我也一言不发，只是感到莫名的无助，以前我从来都没有过这种感觉。幸好我还在因为吃饭的事情而生气，这样才勉强忍住了即将夺眶而出的泪水。我在心里问自己，我究竟来这里干什么，为什么要跟着这个既不友好又令人生畏的男人走？

等到眼睛逐渐适应了黑暗，我内心的不安才淡去了一些。我能看清路两旁树木的影子，看得见马的背脊稳稳地拖着马车，沿着幽暗的道路前行。马蹄敲打着路面，发出单调而有规律的嗒嗒声。最后，经过一整天的旅途劳顿，我终于精疲力竭地睡着了。

不知过了多久，我睁开眼睛，惊讶地发现自己睡在一个房间里。如果你也曾在一个陌生的房间醒来，就会明白我此刻的感受了。房间有一扇窗户朝东，让早晨的阳光流泻进来，晒在我的脸上，弄醒了我。屋里的家具很简单，发白的四壁，窄小的梳妆台，空空的石壁炉旁边摆着书桌椅。有一瞬间，我还以为自己是在梦里，等到梦醒了，我就会又躺在波士顿熟悉的房间里了。于是我又闭上了眼睛。再次醒来的时候，我才注意到自己依然穿着整齐，只有鞋子脱了。接着我想起这是什么地方了。昨晚是有人——也就是蒂尔先生——把我抱进来放在床上的。

发现自己孤零零地待在一个陌生的地方，周围将全是陌生的人，这真是一种可怕的经历。

我下了床，走到窗前往外看去。窗外有一座红色的谷仓，谷仓前停着一辆马车。稍远的地方有一幢较小的房子，此外还有一片菜园。我住的这间卧室一定是在房子的后部，放眼望去，尽是林木和山峦。

我打开行李箱，换上一身干净的衣服，在梳妆台的脸盆里洗净了脸和手，然后思索着接下来该做什么。我打开房门，竖着耳朵倾听了一会儿，但什么也没听见。

走廊很窄，光线微弱，似乎能通往房子的正面。我走出房门，穿过了几扇紧闭的门，来到了楼梯与大厅相连的地方。大厅里有一扇高高的窗户，正对着草坪和车道。远方依然是一片山林。这幢宅子似乎建在一座矮矮的小山顶上，远远望去四周都是绿野，山下隐约可见一片房舍的屋顶。这时我想起来，这宅子附近至少还应该有一幢小一些的宅子，也就是乔赛亚·卡兰德先生替他的儿子伊诺克盖的房子。但我却没看见那幢房子在哪儿。

我走下楼梯，楼梯踏板在我的脚下嘎吱作响。大厅的木地板上打了厚厚的一层蜡，我真希望有人能听见我的脚步声，走过来招呼我，可是并没有人出现。我到了一楼，望向通往餐厅的宽敞的双扇门。门是开着的，我走进去，看到长长的餐桌上有一个位子前已摆好了餐具。我本来想去屋外的长廊上，那前面有一大片草坪，但我又觉得有必要先弄清楚这宅子里到底有什么人，于是我穿过餐厅，走进了我猜想是厨房的地方。

里面有一个女人正坐在桌前，边喝饮料边翻着一本杂志，读得十分专注。她身上围着围裙，袖子是卷起来的，露出来粗壮的手臂；圆圆的脸蛋有些苍白，浅色的头发简单地挽在头顶。我想这是为了干活时利落不碍事吧。她面无表情地看着杂志，嘴唇无声地蠕动着，好像在默念上面的字句。

"你好。"我开口道。她吓了一跳，抬起头来瞪着我，随即吃力地伸直腿，站了起来。

"你就是巴沃太太吧。"我说着走上前去，朝她伸出手。她连忙在围裙上擦了擦手，这才紧紧地握了一下我的手。巴沃太太的身材不高，但强健而结实。

"我叫琼·温赖特。"我自我介绍道。

"我知道。我一直都在留意你的动静，却没听见你下楼，你真是够轻手轻脚。"

"我刚才没吓到你吧？"

"一个小孩子哪能吓得到我……"她说着，突然又闭上了嘴，似乎想再说点什么却又忍住了。

她等候着，气氛便有些尴尬。她打量了我好一会儿，忽然又再次开口，急急地问我："哦，你一定饿了吧？早上蒂尔先生不让我去叫你。我说你刚刚来到这个陌生的地方，跟他一起吃早饭可能会觉得自在一些。他却说不必了，吩咐我要让你睡够，我也不能跟他争。现在他到画室去了，要吃午饭时才回来。他画画的时候，不喜欢别人打扰。"说到这里她又停顿了一下，才接着说道："他让你吃完早饭再到附近逛逛。你想吃点什么？蒂尔先生交代过，让我坐着陪你吃。"说完，她紧闭上苍白的嘴唇。她说这些话时，脸上的表情和眼神都是木木的，就像一个小孩子在背台词。

我有点不知所措，不知道说什么好，于是就等着，看她会不会再开口说上一大段。

"你早饭想吃什么？温赖特小姐。"

"你一定要这么称呼我吗？"我反问。

"那我就叫你琼小姐吧。你想吃什么，琼小姐？鸡蛋、香肠、麦片粥、可可、蛋卷、牛奶还是全麦蛋糕？我不知道城里人的早饭一般吃什么，蒂尔先生从没告诉过我这种事。"她说完又紧闭上嘴。

"我一般会吃鸡蛋、吐司和一杯牛奶，可以吗？"

"当然可以。"她说着猛地转过身，大步走进了厨房后存储食物的房间。我趁机观察了一下这间天花板吊得低低的大厨房。这里给人的感觉很温暖。浅黄色的木橱柜，磨得发亮的木质流理台，阳光从窗户里流泻进来，敞开的后门外有一段小门廊，也看得见谷仓和花园。

巴沃太太走回来时，端着一条吐司面包、一个尖嘴壶和几个鸡蛋。我仍然站在原地。

"你先坐下来，稍等一下，用不了一分钟我就弄好了。"巴沃太太说着，脸上仍没有一丝笑意。她转身面对着一座老式的木头火炉。

早饭是用普通的粗陶餐具盛的，比我平常吃的要丰富得多。她煎了好几个蛋，还配了一小篮切成条状的面包、三种果酱和一碗奶油。牛奶装在尖嘴壶里，就放在桌上，要喝的时候再倒。巴沃太太张罗好早饭后，就一屁股坐在我对面的椅子上，看着我吃。我尽可能显得若无其事地吃起来。

我努力地吃啊吃，吃了好多，还是吃不完，只好抱歉地对她说："实在太多了。"

"我会摸清你的胃口的。"她说，"我不太清楚女孩都爱吃些什么，一直在拼命地回想我弟弟在你这个年纪时的情况。但我没想过你是从来都不愁吃穿的，跟我们还不太一样。"

"这些东西都很好吃。"我由衷地赞道。真的，早饭又新鲜又爽口，鸡蛋很热，牛奶凉凉的。

巴沃太太紧盯着我，仿佛费了好大的劲儿才能开口似的，冷不防地宣布："我坐过牢。"她垂下眼帘，盯着自己叠放在桌面的手，接着说道："我在牢里待了十年。有人说我不适合跟小孩子在一起……蒂尔先生没这么说过，可是，你也许会觉得——"我刚想回答她，她的音量却盖过了我，像背书似的抢着往下说去，"蒂尔先生说这些事应该让你知道。那时我才十六岁，我弟弟霍勒斯，病了，染上了肺炎，需要吃药，还得到弗吉尼亚州那边的一处温泉去，长期疗养。我家的田地很少，再加上那时一连两年收成都不好，生活很苦。我丈夫——那时我刚结婚，嫁给了查理·巴沃，他也是个农民，也没有能力帮我们。于是，我就去给一户人家做佣人。"她说着把下巴一抬，朝山下努了努，"我拿了那家人六根银茶匙，纯银的，据说是从伦敦带回来的。我知道那样做不对，可是霍勒斯整夜咳个不停，我们一定得凑出那笔钱。给他看病的是老卡特医生，他可从来不会让农民欠账，也不会好心算我们便宜一些。"

"卡兰德先生——我指的是伊诺克·卡兰德——把我告上了法庭，我便进了监狱。"说话时她的眼睛盯着我的方向，可实际上眼神空洞，并没有在看我，"牢房是个很可怕的地方，残酷，肮脏，我都不愿再回想。十年，是一段漫长的时间……

我丈夫，我的查理，他就走了，再也没有音信。霍勒斯不久也死了。我爸爸来看过我一两次，但我觉得那样对他太残忍了，后来就再也没让他去过。出狱后，我发现村民们都在疏远我。我也曾考虑过离开这个村子，离开我的家人。可是我又能上哪儿去呢？所幸的是，蒂尔先生雇用了我。后来我才知道，他自己也有很多问题，虽然过去的十年里我并不太清楚村里的事情。他很了解我的感受——我是指被别人瞪着，当着你的面议论你，根本不把你放在眼里。村里有很多关于他的闲言碎语，先是他的妻子，然后是他的孩子……但我从来都不信这些闲话。"说到这里，她飞快地瞟了我一眼，停顿了一下才接着说下去，"蒂尔先生说，请我到这里来当管家，于是我就来了。我当然得来，不然我上哪儿去找工作？所以，现在你知道我是个什么样的人了吧？"

"我知道你坐过牢。"我赶紧说道，"来之前，我康丝坦姨妈告诉过我，但她并不觉得你以前……有什么要紧的。"我实在说不出那几个字。

"那她还肯把你送到这里来，她一定不是个普通的女人。"

说完了自己的遭遇，巴沃太太整个人都放松了下来。我能理解，要她在一个陌生的小女孩面前这样剖析自己的过去，的确很不容易。她跟我说了吃午饭的时间，建议我去外面走走，还交代了我哪些地方可以去，哪些地方不能去。"你第一天来，应该还不会想下山到村里去。不过，村民们迟早会知道你来了，什么事都瞒不了他们。我很想说，他们不会对一个孩子太刻薄，但是话又说回来，当年我闯祸的时候也没比你大多少。总之，你现在应该不会想到那里去的。"

她每提出一项建议，都会先犹豫一下，好像不确定到底该不该说。过了好一会儿，她才又说："你绝对不能靠近蒂尔先生的画室，不然，他一定会把你吓回波士顿的——就是谷仓旁边开着大扇玻璃窗的那间小屋。那些窗户还是请纽约州的玻璃匠来装的，是蒂尔太太和她父亲还在世时候的事了。卡兰德一家出手非常大方，卡兰德先生……"她又忽然打住了话头。我满脸期待地看着她，等着她继续往下说。她接着不安地说道："蒂尔先生不许我太唠叨，他说你是个安静的小东西——一点儿也没错。这份工作你做得来吗？"

我笑着答道："我也不知道，但我姨妈认为我能行，显然蒂尔先生也是这么想的。"

巴沃太太并没有回应我的笑容，只是说："你真厉害，小小年纪就念了这么多书……我在牢里也学会了识字，但学得并不多。那时候，有一个老小姐来教我们读书，读的全是圣经啦、罪恶啦什么的。她八成是个牧师的女儿。不过，我好歹识字了。"

我还有一些问题想问巴沃太太，却又不太敢问。她说话的语气和内容都还算友善，但她脸上始终没有什么表情，好像很担心自己会说出不该说的话，或者会有人监听她说的每一句话。又或者，有人告诫过她，哪些话可以说，哪些话不可以说。因此我谢过她，便起身离开餐桌。

整个上午，我到处溜达，首先快速地参观了一遍楼下的各个房间。这幢大宅虽然老旧，然而朴实无华，布置得非常舒适。餐厅的正对面是一间大大的图书室，占了一楼的大部分面积。图书室四面墙边的书架上摆满了书，地板上铺着两条褪色的东方式地毯。除了一般人家常见的壁炉和阅读椅外，这里还有一张大书桌和一架大大的钢琴。

在餐厅隔壁，我发现了一间闲置的小客厅，里面的桌椅、台灯和窗户都用白布罩着，整个屋子散发出一股霉味。看到这里，我很想赶快到户外去走走。这幢宅子实在太幽暗太寂静了，让我觉得自己像一个冒失的闯入者，与这里格格不入。我很怕误闯进不该去的地方，于是放弃了推开最后一扇紧闭的门的念头，折回大厅，走向敞开的前门。

屋外阳光灿烂，天空很蓝，四周环绕的山峦树木仿佛在默默地捍卫着这幢宅子。我走上马车道，转过头去打量这个未来两个月自己要待的地方。大宅的造型简单朴实，却又十分美观，整体看来就像一个横躺在地上的大写的P，那长长的尾巴便是主宅旁边那间长条形的厨房。整幢宅子用灰石建

造，屋顶是圆石板铺成的，两根高大的烟囱耸立在屋顶两端，厨房的屋顶也伸出来一根小一些的烟囱。

走下车道后，我踏上了一条通往院外的泥土路。才走了一小段，路两旁茂密的树叶便笼罩在头顶，投下一路凉爽的树阴。耳边传来虫子和鸟儿的鸣叫，隐约还能听到潺潺的流水声。我离开泥土路朝右边走去，发现了一条小河。清浅的河水快速冲刷过河底的石头，欢唱着流下陡峭的山坡。我忍不住脱下鞋袜，赤脚踩进了水中。河底的软泥钻进我的趾缝间，嗞嗞作响。河水冲击着我的脚踝，感觉非常舒服。我干脆小心翼翼地踩在水中，沿着河岸往前走去。头顶不断传来林间婉转的鸟叫声，还有树叶轻舞的沙沙声。我提起裙摆，以免被水溅湿。在这清凉的河水中行走是如此美好，不知不觉中，我已经沿着河岸走了好远，到了一大片人工修剪的草坪前。草坪的那头是一幢长得跟卡兰德大宅很像的灰石房子。

就在这时，我听见了一阵人声，便赶紧停下脚步，没有真的走到草坪前方去。接着我下意识地后退了一步，躲到了河岸边的树阴后面，观察着草坪上那几个人的一举一动。但只看了一会儿，我的内心便不安起来。

一个女人撑着遮阳伞，坐在一片树阴下的草地椅上。那片树阴下共摆着三张椅子，她身旁的小茶几上放着一杯饮料。草坪上有两个男孩和一个女孩在玩门球，年纪大一些的那个男孩看起来已经像个大人了。他们的穿着都很讲究，男孩们穿着笔挺的白衣白裤，女士们则穿着白裙。我隐约听见了几句谈话，都是些有关球戏规则的争吵。接下来，一个白衣白裤的男人走出了主屋，草坪上所有的人都立刻沉默了。

这个一头金发的高大男子，跨着大步来到了草坪上。他的身材修长优雅，整个人如黄金般耀眼，和我以前所见过的那些男人截然不同。那些男人全都衣着保守，举手投足一板一眼，满脑子只想着尊严和体面。但这个男子快步跑向那三个孩子，就跟他们一起玩了起来。他举起球棍，朝头顶上方挥舞着，一连挥了好几下，都站得稳稳的。孩子们把球捡回来，准备重新再打一场。男人让他们先打，从最小的孩子开始，按照年龄大小一个接一个地来。每个孩子上场时，他都会在一边鞠躬挥手。轮到他打时，他先是轻松地摆好球，再仔细又准确地站好位置，那般郑重，活像马戏团的空中飞人在准备表演。

我看了很久，终于转身离开了那个地方，沿着河岸涉水往回走。我边走边想，这幢宅子长得和蒂尔先生的房子那么像，一定也是卡兰德家的，那么，刚才那个高大的金发男子就是伊诺克·卡兰德了，那个女人就是他的妻子，那三个小孩就是他们的孩子。我想到这里，就没再想下去了，因为我突然意识到，我很可能没办法准点赶回去吃午饭了。

第三章

阁楼里的十二个木箱

　　我虽然没迟到，却来不及整理仪容了，只能匆匆地溜进厨房洗了洗手，就跑到餐桌前坐好。如果康丝坦姨妈在这里，一定会叫我先上楼梳洗一下，可蒂尔先生似乎并没注意到我凌乱的头发和发热的脸颊。

　　我仍坐在吃早饭时的位子上，蒂尔先生坐的是巴沃太太早上的位子，也就是我的对面，后来这变成了我们一起吃饭时的惯常坐法。午饭简单可口，我发现自己真是饿了。我们静静地吃着，过了一会儿，蒂尔先生才开口跟我说话。

　　"巴沃太太跟你谈过了？"

　　"是的。"

"你想马上离开这里吗？"

"不想。"

他继续吃着，吃完了盘子里的东西，便坐在那里看着我吃。我被他盯得怪难受的。蒂尔先生是个直率的人，身板挺直不说，一头灰色的短发也是直直的，目光更是冷淡而直接。他的脸部轮廓硬朗，充满个性。但我觉得这并不吸引人，也不亲切讨喜。我一向认为，人的脸可以分为两种，一种是亲切讨喜型的，对外界的反应明显，高兴不高兴都写在脸上；另一种则是隐秘封闭型，对外界采取自卫的态度。蒂尔先生的脸就属于第二种。两种脸型的区别还在于眼睛，眼睛掌控着脸部最主要的表情，一个人可能会咧开嘴笑，但只有看他的眼睛你才会发现他内心真正的感受和想法。就像康丝坦姨妈，她的表情虽然严肃，但眼睛却总是流露出亲切与和善。而蒂尔先生的眼神，似乎具有一种穿透力，看人时仿佛是在透过显微镜，观察一种怪异的甚至讨人厌的生物。

我故意慢吞吞地吃了很久，吃完之后小心地放下刀叉，这是康丝坦姨妈平时教给我的用餐礼仪。这时已是下午两点二十分了。

"我来之前，康丝坦姨妈已经跟我提过巴沃太太的事了。"我告诉蒂尔先生。

"嗯，我猜她也应该会说。"

他好像并不太在意我对这件事有什么反应，但我还是把自己的感觉说了出来。

"巴沃太太的遭遇很让人同情。"

他耸了耸肩。

"她对你好像很忠心。"

"嗯，她有理由这样，但这并不是我的要求。她弄成今天这个样子，是因为人们都太蠢了。"

"也并不是所有的人都很蠢。"我抗议道。

"不蠢的人太少了，所以，也没有什么差别。"

我不同意他的说法，但一时又想不出怎么和他争辩，只好闷声不响地坐在那里。还好巴沃太太端着一个热乎乎的樱桃派，走了过来。

"你准备好开始干活了吗？"蒂尔先生问道，一副我好像已经来了好几天而不是一个早上的表情，就好像我一直在偷懒似的。

"当然准备好了。"我答道，"可是，你到底要我做什么呢？"

我的问题似乎让他不太高兴。

"我死去的岳父乔赛亚·卡兰德，留下了好几箱文件，有可能是一些信件或者文书什么的，我也不太清楚。这么多年来，这些东西一直都堆在阁楼里。我找你来，就是想让你整理一下，把这些文件分出有用的和没用的，然后再决定如何处理它们。"

我诧异地问他:"那我要怎么才能判断出哪些文件有用,哪些没有用?"

"这都由你来决定。我认为你能够判断,不然你也不会来这里了。我可不希望你拿这种事情来烦我。"他说完,便从容不迫地吃起樱桃派来。

"可是,我到底怎么才能知道哪些东西是重要的呢?"我锲而不舍地追问。

他叹了口气,答道:"比方说吧,一份文件是林肯总统所写的毫无意义的便笺,而另一份是乔赛亚·卡兰德的父亲写给他的信,教导他负起婚姻的责任,你会选择保留哪一份?"

我仔细想了想,然后回答:"这两个文件都要保留:便笺上如果有林肯总统的亲笔签名,那就会很值钱,或者会成为整个家族引以为荣的珍宝;至于那封信,当然也有家族历史方面的价值。"

听完他什么也没说,只是点了点头。

过了半晌,他才问道:"你知道卡兰德家族的一些事吗?"

"不太清楚。"

"我以为你多少会知道一点。乔赛亚的父亲在美国南北战争期间,靠做军火生意发了一笔财,虽然不是特别有钱的富豪,但财产也不少了。然而,乔赛亚是个有良心的人,跟他父亲的观点不一样,他明白自己赚的是血腥钱,良心一直很不安。

可他又不是很有勇气，所以一直等到父亲在七十几岁过世后，他才敢反抗——他卖掉了军工厂，带着家人搬到了马波罗。他的妻子在很多年前就过世了，是生第二胎的时候难产死的。那个男孩——伊诺克——后来由年长他六岁的姐姐抚养长大。我对伊诺克没什么想说的。他姐姐艾琳曾是我的妻子，但也只有短短的几年时间。"

"她是康丝坦姨妈的好朋友。"

我本来以为，他会再说一些有关他妻子性格的事，但他并没有说。

"艾琳曾经答应过父亲，会妥善处理这些家族文件，然而，她却意外身亡了——就在乔赛亚死后不久，她就跟着去了。我觉得，我有责任履行妻子曾许下的承诺。但我想，你应该不会发现太多有价值，或者需要永久保存的文件。乔赛亚·卡兰德是一个难得的好人，诚实正派，一心向善，只可惜，在这个世界这种人并不重要。"

"也许吧，但至少这种人值得尊敬。"我用一种极度不以为然的语气说道，相信他一定听得出来。不知怎的，我对他这种轻视岳父的态度非常反感。

蒂尔先生没说什么，但嘴角上扬，露出了一丝笑意。不过他的眼睛并没有笑，所以那抹笑容并不让人觉得开心。我突然觉得自己很傻。我不会喜欢跟他相处的，而他也不会喜欢我，这一点他已经表达得很清楚了。可是，我得在这里工作。也许我能尽量避免跟他碰面。

我跟着他走进图书室。只见图书室的地板上摆放着十二个木箱，每个箱子的侧面都漆着一个大大的罗马数字，箱盖大多半开着。只有第十二个箱子的箱盖全开，箱子里装了个半满，里面的文件看起来像是随手扔进去的，乱成一团。这十二个木箱占据了图书室的大半片地板。

"所有的箱子里都是那样的吗？"我指着那个半满的木箱，问道。

"没有人说过这项工作很容易。我妻子和她的父亲，平时总把文件堆积在书桌的抽屉里，每年有那么两三次，他们会把抽屉里的东西倒进木箱里，一个箱子装满了便加上盖，用钉子封起来。"

"哦。"我从没想过一个家族会有这么多文件。工作量太大了，我不禁有点气馁。

"你应该知道要怎么做了？"蒂尔先生提醒我。

"我想，我最好先看看第一个箱子里的文件，这样会比较清楚状况。"我不想让他看出我有多沮丧。康丝坦姨妈也一定没想到工作量会这么大，否则她不会同意我接受这份工作的。但我不想被蒂尔先生看扁了。

"你从哪儿开始做起，这我一点也不关心，琼，这是你的事。

这个房间你可以随意使用,长桌都整理干净了。至于书桌抽屉里会有什么,我一点也不了解。我的房间就在大厅对面。"

"我猜也是。"我记起了早上看到的那个房门紧闭的房间。

他冷冷地瞅了我一眼。

"我遵照你的嘱咐,今天早上四处走了走。"我连忙提醒他,"不过,我并没有进过那个房间,其他的房间我都参观过了。"

"通常我一上午都在画室里画画,下午外出。我想你也该有时间玩一玩,活动一下,这样更有助于健康,所以,你不妨按照跟我一样的时间作息。"

我表示同意。

"我们从不上教堂,但并不意味着你也不能去。"

"谢谢,我会考虑一下的。"

他站在那里等着,我也在等着,等他走开。最后我说:"我今天下午就开始工作,只是先开个头,如果你觉得可以的话。"

他便一言不发地转身走了。

"这些箱子是什么时候搬到这里来的?"我冲他的背影问道,"今天早上还不在呀。"

"是我把它们从阁楼里搬下来的,就在等你回来吃午饭的时候。"他说完便走了。这会儿才提等我吃饭的事,看来蒂尔先生喜欢杀个回马枪。我还在想着怎么道歉呢,却发现屋子里只剩下我一个人了,对着那十二个像大号旅行箱的木箱子。

　　我扫视了一下整间图书室，然后静静地盯着窗外，思索着该如何着手。很显然，我得先浏览一下每份文件，但如果把它们通通倒出来，太麻烦了，也没有必要。我要先找一个把文件分类放好的地方。我走到书桌前，拉开了抽屉。这些抽屉里都是空的，但空间都不够大。最中间的那个抽屉和在它两侧的六个抽屉不同，它是锁上的。我有点好奇，不知道它为什么要被锁上，但也没再多想。

　　接下来，我从一号箱子开始整理。我把箱盖整个儿掀开，从里面抱出一大堆纸张和信封走到长桌前，从左到右有条不紊地把文件铺满桌面。把箱子里的文件全部清空之后，我抱起一沓文件走到书桌前坐下来，准备细看每一份的内容。就在专心工作之前，我心里不由自主地冒出了一个疑问：康丝坦姨妈为什么会说她和蒂尔先生是同类呢？依我目前的观察来看，他们俩根本就是两种完全不同的人：一个亲切、幽默、而且和善，而另一个自私，说不定，还冷酷无情呢。

　　我开始一份一份地审阅卡兰德家的文件。在图书室里很适合从事这种工作，即使外面阳光炽烈，屋里也非常凉爽安静，最适合进行缓慢而且需要很仔细的工作。

　　接下来的几天，我慢慢习惯了这份工作，也渐渐熟悉了大宅里的环境，对我的同伴——包括与我同住的人以及已去世的人——也有了更多的了解。我已经把卡兰德家族早期的文件分门别类整理好了，比如个人和家庭文件、公共文件、生活事务文件等。乔赛亚先生很年轻就结婚了，那时他才二十岁，刚从哈佛大学毕业。他的妻子花钱十分大手大脚，这一点从那些衣服、女帽和珠宝店的账单上就能看出来。文件中还有他写给妻子的情书，都被她整齐地扎成一捆，用黄丝布包得好好的，保存起来。而他收到的妻子的信，则全都随意地散放在箱底。

乔赛亚小时候收到的父亲的信比较有趣，从那些信中可以看出，他父亲是一个精力充沛的人，靠着自己的精明和运气积累了大量的财富。此外，如果乔赛亚没有写假话的话，他父亲还在一八五一年购买了军工厂，显然，他父亲的致富之道还包括不把律法放在眼里。对于乔赛亚的个性和观点，他父亲总是嗤之以鼻，常常指责他不切实际，太过理想化，不知道感恩。父子俩分居两地的时候，并不经常联系。乔赛亚每个月都会像履行义务般写封信给父亲，而他父亲却几乎从不回信。

就这样，我在整理文件的过程中，对这家人产生了浓厚的兴趣，很好奇他们都是些什么样的人，后来又有了什么样的遭遇。我发觉，我已经喜欢上在图书室里静静地工作了。

每天早上，我继续深入了解卡兰德一家的家族史，下午则去村子里到处探险。我没有再沿着河岸往下去那幢小一些的宅子附近，而是朝河上游的山上走去。我一个人在山里的林间漫步，感觉自在又逍遥。我已经很习惯行走在高低起伏的山路上了。一路上，我辨认着不同的生物，倾听它们发出不同的声响。静谧凉爽的树林，奔流不息的河水，以及林间偶尔出现的空地，都让我欢喜。我喜欢独自在山林里徜徉，沉浸在自己的思绪中。走出蒂尔先生的大宅后，我就连一个人也看不到了，很快我就爱上了独自在乡间游玩。这里的一切都跟我以前所接触的截然不同，而且，没有任何人会来打扰我在林子里的午后时光。

几天前的一个下午，我在大宅往北大约一公里的地方，发现了一处小小的瀑布，这几天每天都去那里玩。第一次看见它的时候，我觉得它好像很欢迎我来。小河的源头一路从山上流下来，到了瀑布那里便往下坠入一处陡峭的山谷。这个山谷虽说只有三四米深，但两边的峭壁巨石嶙峋，坡度陡直。湍急的河水在这里坠落成一座约两米高的小瀑布，瀑布下方是一个深暗的水潭。河水在潭里回旋片刻，就冲到了下方较浅较宽阔的河床里。水潭上方的石壁上长着两棵老山毛榉，洒下一片凉爽的树阴，盘根错节的老树根还可以让人坐在上面歇歇脚。河对面灰色的大圆石错落有致，四周林木茂密。在这里听着哗哗的水声，让人感觉安详又静谧，熟悉又安全。

我常常需要这种宁静的安全感。蒂尔先生不是一个好相处的人，多半时候他都沉默寡言，让我觉得自己像在打扰他。我安慰自己，不管是谁来整理这些文件，都会被他看成是给他造成了不便。妻子死了以后，他也没再寻找新的伴侣，一个人活得很好，也不需要朋友，更不想跟我交朋友。这还不算，他似乎还要故意表现出自己最坏的一面——粗鲁冷酷，难以亲近。他要么不开口，一开口说话就又直又冲。我想这并不是出于愤怒，而是出于不耐烦。我常常被他的口气惹恼。至于巴沃太太，有时她会突然冒出几句无关紧要的琐碎的话，但马上又紧闭上嘴，留下一阵令人尴尬的沉默。他们两人似乎都觉得人生无趣。反正，两人的个性都令我很不自在。更糟糕的是，他们俩似乎都很少替对方着想，两人随时准备接受最坏的情况。当然，谁也不能预料自己将来会有什么样的遭遇，我不敢说我以后就绝不会跟他们一样觉得人生没有意义，但是目前我真的无法认同他们的看法。更让我气恼的是，他也并不鼓励我发表自己的观点，只是希望我在旁边听着就好。这一点我实在很难做到，因为康丝坦姨妈对我的教育一向都不是"乖乖听着，不要多嘴"，就像许多小孩子所受到的教诲一样。于是我在这种待遇之下，满心愤愤不平。

就在我来到这里几天后的一个中午，吃午饭的时候蒂尔先生忽然说，下午让我跟他一起下山到村子里去。他还说："要走将近五公里的路，你需要一双轻便的鞋子，还要一件斗篷。"

　　我知道这几天虽然白天很温暖，但天色暗得快，入夜之后山区里就很冷了，他考虑得还算周到。但他自作主张替我决定外出，完全不征求我的意见，这令我老大不高兴。于是我冷冷地应了一句："知道了。"估计是听出了我不高兴，蒂尔先生挑了挑眉毛。他这个表情的含义可能有各种可能，甚至有可能是对我不以为然。我搞不清楚，而且，我干吗管那么多？

　　下午，我们沿着小河畔的泥土路往村子里走去。蒂尔先生对这里的树木、花草和鸟类了若指掌，不知出于什么考虑，他边走边给我讲解了很多这方面的知识。虽然他那种充满优越感的口气还是让我觉得很不舒服，但我急于想知道如何辨别这些动植物，发现它们的特性，所以一路上都在仔细地听着，努力地记住他所说的话。我想让他知道，我学得也很快，盼望着他起码能尊重我的聪明。

　　我们路过了那幢与山上的大宅长得很像的灰石房子，它就坐落在那片宽阔的草坪后面，不注意看的话几乎发现不了。

　　"这是伊诺克·卡兰德先生的家吗？"我问。

　　"是的。"

　　"他是个什么样的人呢？"我又问。

　　"什么样的人？就像一尊活的希腊雕像。"蒂尔先生答道。这么说来，就是我那天看见的那个男子了。

　　"你们之间现在不来往吗？"我问了一个十分鲁莽无礼的

问题。

"不来往。"蒂尔先生答得很干脆，随即反问道，"你到处溜达的时候见过他吗？"

"没有。你不想让我见他？"

"不想让你见他？见他们？——他有自己的家庭。那你为什么会想见他们呢？"

我的回答跟他的问题一样直接："我并不想见他们，可是如果我溜达的时候遇见他们——就像你刚才说的那样——我想知道你希望我怎么做。"

"我不希望你做什么。"他答道，"你遇见他的可能性很小，除非你擅自闯进他家。他们一家人很少走出那片草坪。"

他的这番话勾起了我的好奇心。以前究竟发生了什么事？很显然，卡兰德家族这两幢大宅之间现在毫无联系，蒂尔先生也不喜欢伊诺克·卡兰德一家人，这一点他毫不掩饰。但他为什么会在意我有没有遇见过伊诺克先生？莫非是要我对伊诺克怀有戒心，或者希望我对这幢大宅里的一家人都产生偏见？蒂尔先生害怕这家人吗？那他为什么还要住在山上的大宅里，要留在卡兰德家的地产上？是什么把他留在了马波罗村？

第四章

浅滩上的皮靴印

整个马波罗村坐落在一个椭圆形的小山谷里，四周山峦环绕，那条小河在山谷里逐渐加宽加深，从村子里纵贯而过。

蒂尔先生家门前的那条泥土路，与村里的道路在一座石拱桥前会合了。我们走到那儿停了下来。

"我要去银行和那家商店。"蒂尔先生指着我们左手边的两幢独栋的砖砌房子，房子对面是一排白色的隔板房，每一家门前都有宽阔的草坪。他问我："你要买什么东西吗？"

"不买。"我回答。

"没有信要寄？"

"没有。"

"我写了封信给你姨妈，告诉她你平安到达了。"

"我想等安定下来以后，再写信给她，这也是她交代我的。"我告诉他，心想他凭什么来提醒我该写信给姨妈了。

他低下头来，一本正经地问我："那你觉得现在安定下来了吗？"

不知为什么，我无法对他撒谎，即使是出于礼貌也不行；然而，基于同样的原因，我也不能完全照实说。于是我回答："比刚来时好多了。当然了，我已经足够安定，可以写信了。"

"听到你这么说，我真高兴。"但从他的口气里，我却听不出一丝高兴的意味。接着他又说："那么，你也许想去参观一下我们的教堂，过了桥就到了。"

我同意了。然后我们就各走各的，也没约好再碰头。我对他这种不礼貌的态度既不意外，也并不难过，反正我自己也肯定能走回去，我想他也是这么打算的。我并不在乎他不喜欢跟我待在一起，只是很奇怪他干吗要这么费劲地把我带到这个村子来。那些文件被堆在阁楼里，这么多年都无人问津，现在也不用着急将它们整理分类吧？所以，我很怀疑他对我其实另有企图——至于到底是什么企图，我还猜不出来。他是个城府很深的人，不会随便吐露心事。

过了桥，我便看见了附近的树梢顶上露出的教堂尖塔，径直走了过去。拱桥另一头的河边有一个男孩在钓鱼，我没有多看他，他也没有注意到我。

　　教堂是一座正方形的建筑，庄严得令人望而生畏。宽大的木门敞开着，我却不想进去，里面太黑太空了。我绕到了教堂后面的墓园里。

　　墓园其实是让人愉快的地方。我不相信鬼魂，觉得死去的人没有什么可怕的。他们的生命都已经结束，只留下墓碑诉说着每一位死者生前的事迹。死去的人不再论贫富，尽管有些墓前只竖着简单的十字架，有些墓前却装饰着大理石雕像，但躺在里面的人都已经归于尘土。这种公平是值得世人学习的功课。

　　比起波士顿附近的墓园，马波罗村的墓园规模很小，而且要朴实很多。但这里的景色优美，石碑之间种植着高大的橡树和娇美的山茱萸，四周环绕的山峦静静地守卫着这片净土。我边走边想，这的确是一个长眠的好地方。一道铁栅栏将卡兰德家族的墓地与村民的隔开了，栅门开着，我走了进去。偌大的墓地里只有两座坟墓，两块墓碑都是毫无装饰的大理石，碑上的字迹一看就是同一个工匠刻的。我凑近去看了看，看到乔赛亚·卡兰德是一八八四年五月九日去世的，他的女儿艾琳·卡兰德也在同一年的五月十五日过世。艾琳的名字下方还刻了两行字：

丹尼尔·蒂尔挚爱的妻子

至爱的母亲

　　我很好奇老伊诺克·卡兰德——也就是乔赛亚的父亲——葬在哪里。出了墓地，我慢吞吞地走着，想着晚上回去要写信给康丝坦姨妈。走到拱桥旁边时，我发现那个钓鱼的男孩还在那里。他站在河边，手里的钓竿在水面上弯成了一道弧线。我从他旁边经过时，见他正好要钓起一条鱼，于是就站在那里观看。我还从来没见过别人用钓竿钓鱼。只见那钓竿沉进了水中，男孩一边轻轻地、慢慢地往上拽着钓竿，一边笨拙地往后退去。这个动作他重复了好几次，才直接伸出手去拉扯钓鱼线。他紧拽住鱼线，松开了钓竿，任钓竿掉到了地上。然后他快步踏进河里，忙着用两手交替地拉扯钓鱼线。终于他的努力没有白费，一尾银光闪烁的鱼被他拉了上来。那鱼儿一离开水，便拼命地挣扎跳动。男孩走回岸上，用一块拳头大的石头用力砸了一下鱼头。

　　鱼儿被砸得躺在那里一动不动。男孩接着把鱼钩从鱼嘴里取了出来，再把钓竿放在河岸边的草地上，这才转过头来，冲我开心地笑着，说道：“这是我今天钓到的第一条鱼，也是这三天以来的第一条，你觉得怎么样？”

他一张圆脸笑容灿烂，身上穿着连身工作服，外面披着一件衬衫，光着脚，脸和手臂都晒成了棕色，头发是淡黄的，都快接近白色了。他走到路边来，右手往衣服上擦了擦，随即伸向我，说道："我叫奥利夫·麦克威廉斯。你跟老丹·蒂尔住在一起是吧？我还不知道你的名字呢。"

　　"我叫琼·温赖特。"我跟他握了握手，"你好，奥利夫。"

　　他立刻苦着一张脸说："别这么叫我，叫我麦克就好，大家都这么叫。真不知道我爸妈怎么会替我取奥利夫这种名字，他们还说这名字代表尊严，说我以后肯定会感激他们的，可我才不信这种鬼话呢，这名字老让我跟人吵架。"

　　"你跟你爸妈吵架？就为了这个名字？"

　　"不是，是跟我同学吵。我跟你说，在我们学校，奥利夫这种名字会惹来很多麻烦。我还是喜欢简单一些的名字，什么约翰啦、山姆啦，这些名字就比较平易近人——像你爸妈就会取名字多了。"

　　"谢谢。"我答道。我上的是女子学校，平时很少有机会跟男孩子说话，所以这会儿我也不确定他是不是在赞美我，但我想，最聪明的回应便是把这话当成赞美吧。

　　"那是条什么鱼呀？"我问道。

　　"你不认识吗？这是条鳟鱼，我拿来当晚饭的，我还想再钓一条。你想不想来试试？"

"不用了，谢谢。"我礼貌地拒绝了，又说道，"我在这里看看可以吗？"

"当然可以啦，你坐下来看吧。不过这可真奇怪……"

"奇怪什么？"

"大部分女生都不喜欢看男生钓鱼。"

"为什么不喜欢？"

"谁知道？可能跟大部分男生都不喜欢看女生缝衣服一样吧。"

"你看过谁缝衣服吗？"

"当然了，我妈妈呀。"

"我却没见过别人用这种方式钓鱼。"

我坐下来看。他把小虫装上鱼钩，再把钓鱼线扔进河里，然后弯腰捡起钓竿，一边在我的左前方坐下来，面对着拱桥，一边解释道："鳟鱼都喜欢待在桥下的阴影附近。"

"我以前见过渔船，"我告诉他，免得他以为我什么都不懂，"我还看到过别人在查尔斯河的桥上捕鱼。"

"查尔斯河是什么地方？"

"我住的地方，在剑桥，波士顿附近。"

"哦。"

这样对着他的后脑勺说话，感觉真奇怪。

"你来这里做什么？"他又问，"你是蒂尔先生的亲戚吗？"

"不是，我是来为他工作的。"

他转过头来，诧异地盯着我，问道："为他工作？做什么呀？你几岁了？"

"十二，呃……快满十三岁了。"

"我快满十四岁了，"麦克说着又扭回头看着河面，"可是我爸不肯让我去工作。我很想去农场找点活儿干，我有力气。但我爸说，我们家不用我去赚那个钱，还是把机会留给更需要的人吧。况且，今年暑假我还得去补习几何和拉丁语，我的成绩老跟不上。唉，几何和拉丁语真是复杂得要命。"

我点点头，这两门课我也上过，知道其中的困难。

"你在他那里做什么工作呀？"他问道。

"整理旧文件，把它们分门别类。"我告诉他，故意说得煞有介事，好像这工作很重要似的，接着还补充了一句，"是家族文件。"

"那他会付给你薪水吗？"

"会啊。"

"嗯，你很需要那笔钱吗？你爸妈……"他似乎不知道该怎么说才好，"你很需要吗？"

"我是个孤儿，跟姨妈一起住。"

"哦。"他答道。

但我很想让他知道，我并不是因为缺钱，而是因为有能力才获得这份工作的。

"我姨妈是剑桥一所女子学院的校长。是蒂尔先生写信给她，问她那儿有没有人能做好这份工作，她推荐我来的。"

"那你父母怎么了？"他问。

"我不知道。"我答。

"你怎么会不知道呢？"他再次惊讶地扭过头来，但话刚说完，他那晒黑的脸庞又立刻红了，连忙尴尬地转移话题，"我爸爸是这里的医生，我们是五年前搬来的。"

"你爸爸不是卡特医生吧？"我记起了巴沃太太提过的那个医生。

"你是说以前那个老庸医？才不是呢。我爸可是有执照的医生，卡特不是。他死了之后我们才搬来的，我爸买下了他的诊所和里面的设备。"

"哦，我听管家巴沃太太说过卡特医生的事。"

"巴沃太太以前坐过牢。"

"我知道。"

"她到底是个什么样的人呢？她跟你说过监狱里的事吗？村里现在很少有人能看见她了，大家只是偶尔还会谈起她，可是却没人跟她说话。不过，又好像都很替她难过似的。大人们都说，小孩子跟她在一起不合适。"

"那你爸妈也这么说吗？"

"他们没说太多，好像不太赞成这种说法，但也不反对。哎，马波罗是个小村子，村民们平时也没有多少事情可聊，就老喜欢谈一些根本搞不懂的事。至于卡兰德家的人，要不是他们高高在上地住在山上，跟我们保持着距离，也许大家就不会说他们的闲话了。不过，要真到那时候，大家又要找别的话题了——说不定连我都不会放过……所以我也没什么好抱怨的，只是觉得这些本地人对外地人的看法很好玩——老丹·蒂尔算是个本地人，大家也就没有多批评他什么，但也不觉得他是什么好人就是了。"

我很想问问他村里人都是怎么议论的，但又不想多嘴去打听别人的隐私。再说，我并不清楚这个男孩是否信得过，不知道他说的话是真是假。此刻我真希望康丝坦姨妈也在这里，她一定能判断出麦克可不可以信任。或许我该写封信问问她对麦克的看法。可是，光凭我在信里的描述，她又怎么能对他做出正确的判断呢？

"你一定很聪明，才能胜任那样的工作。"麦克说，"我早就见过你了，你知道吧？"

"你早就见过我？"他的话让我起了戒心，因为我之前从来没有见过他，于是我追问道，"在哪儿？"

"我能像印第安人那样追踪猎物——我跟踪过你。"他得意地说。

"我才不信。"

"当时就算有头熊在后面跟着，你也不会听见的。"他笑了起来，接着又补充了一句，以证明自己没有说谎，"你最喜欢去的地方，就是那座瀑布旁边。"

我立刻愣在那里，张口结舌。原来他一直在偷偷地监视我，而我居然不知道！我的脸颊一下子热了起来，生气地大声骂道："你这样也太低级了！"

"可是我都告诉你了，不是吗？"他虽然嘴上说得轻松，可我看得出来，他连颈背都红了。

"但还是很低级！"我仍旧很生气，很想扳回一局。想了一下，我神气地宣布道："我会拉丁语。"

"你还懂几何，对吧？"他讽刺地答道。

"我开始学几何了。我会翻译拉丁语。"

"你就吹牛吧。"他瞪着河水，摇晃了一下钓竿。

"信不信由你！"我腾地站了起来，又说，"不过，也许我会愿意教你哦。"我不知道为什么要加上后面这句，大概是存心想再气气他吧。

"我不需要别人教！"他顶了一句，依然背对着我。但接着，他又忽然回过头来对着我笑，连眼睛里都是满满的笑意。"我骗你的啦。其实我真的拿几何和拉丁语没办法，而且我也真的很低级……下次如果我还在那附近，我会告诉你的。

反正你也只是在那里看书或者闲逛。不过，有一次——"说到这里，他咧开嘴促狭地笑了一下，然后才接着说，"你在跳舞。"

我一下子又不知道该如何回应了。真是太可怕了，我一直以为自己是一个人在那里，却原来并不是！

"我为什么不能跳舞？"我不服气地质问他。

"不为什么，不过你跳得还不赖。"

我气得说不出话来。

他耸了耸肩，又说："不过，你听着，还有一件事——我认为，还有一个人也在那附近，偷偷地打量你。"

他的表情一本正经，看起来不像是在开玩笑。还有人在那里？他是想编个鬼故事来吓唬我吗？我答道："我可不相信什么鬼魂。"

"不，不是鬼魂！在河对岸的树丛后面，我总觉得好像看到了什么，应该是一个人。如果我的直觉没错的话，这个人还不希望自己被发现，而且很擅长跟踪。"

"可他为什么要偷看我？"

"可能是另一个跟我一样的男孩吧。不过，一般没有人会去卡兰德家附近的，起码据我所知没有，否则我一定会知道的。瀑布上方有一片浅滩，我上去查看过，只看到了一个脚印，是皮靴的鞋印。呃，不过这也有可能是我的想象，或许那根本就不是什么鞋印啦——浅滩上遍地都是石块。而且那都是好几天前的事了，我也只是恍惚看到一个影子晃了一下。我爸老说我想象力过于丰富，不是个可靠的目击者。"

"那我怎么才能知道是不是有人在偷看我呢？"

"哦，我可以教你。"

就在这时，蒂尔先生走过来了。麦克连忙放下钓竿站了起来，爬到河岸上，一边跟他握手，一边礼貌地招呼着："你好吗，先生？"

"我很好。"蒂尔先生答道。

麦克朝他笑了笑，一点也不害怕他那一脸的严肃和不可侵犯。"知道你这么健康，我父亲一定会很高兴的。他常说做医生最值得骄傲的，就是一连六个月只需要接生，医治不小心摔断的胳膊。"

"看来你跟琼见过面了。"蒂尔先生说。

"是啊。"

"你喜欢她吗？"

他们俩说起话来就好像我根本不在那里似的。

"她好像还不错，可能还很聪明呢。"

"所以她才会在这里。如果你愿意，改天可以来拜访她。她没有别的玩伴。"

麦克小心地点点头，答道："也许我会去的。"

"要来就下午来，我们上午都要工作。"

　　"好的，先生。"

　　"琼，我们该回去了。"蒂尔先生这才转过头来看着我。我马上掉头就走，根本不等他。他轻松地追上了我，对我说道："你遇到他真好。"

　　我不回答，好不好我自己会判断。

　　"你可能会喜欢有同龄人做伴。"他又说。

　　我终于开口道："他好像是这一带少数几个愿意跟你说话的人之一吧？所以你应该看他还算顺眼？"说完这句话，回去的路上我都一言不发。

第五章

隐秘的木桥

　　走到大宅前面时，我已经羞愧到了极点。刚才那一路漫长而沉默的步行，让我有足够的时间来消气，认识到自己的态度很不好。就算蒂尔先生冷淡无礼又怎么样？那也不能成为我粗鲁和莽撞的借口。我决心梳洗完准备去吃晚餐时，要向蒂尔先生道歉。康丝坦姨妈教过我，对于不愉快的事，一定要干净利落地及时处理掉。她用的是"干净利落"这个字眼，我喜欢这个形容词，因为它听起来就像是用一把新扫帚，起劲地把问题一扫而光。

　　餐桌上已经摆好了盛满食物的盘子。我抓住跟蒂尔先生独处的机会，开口道："蒂尔先生，我为我之前粗鲁的态度向你道歉。很抱歉,我不该说那种话。"我快速地说完便开始用餐。

他居然笑了起来！你可以想象我有多惊讶。他并没有笑得很大声,也没有笑很久,可是那短短的咯咯几声绝对是在笑。

"我接受。"他说。就在我刚注意到他满脸都带着笑的时候,那抹笑容却转瞬间就消失无踪了,他又恢复了正常的表情,接着说道:"也许你会觉得我也该向你道歉？"

"我接受！"我立刻答道。

"好,那现在我们来谈一谈。你之前说的话的确粗鲁,不过,你说的不是真心话吧？"

他这是在逗我吗？我打量着他的脸。他的表情严肃而冷硬,在两道令人生畏的浓眉之下,他的目光深沉而锐利。

"不是真心话？你是说我不能那么说,因为我还没有真正了解你,是吗？但你确实是一个人住着,都不跟其他村民来往啊,我只是有话直说,看到什么就说什么。"

看起来,我的回答很让他满意。他转而说道:"麦克整天在这一带野,如果你不想让他来玩,我就告诉他。"

"哦,没关系的,"我连忙答道,"我还从来没跟男生一起玩过。"

"这也是因为你康丝坦姨妈的偏见吗？"

"不是,我们只是没有机会认识男孩子。在某些方面,麦克好像还懂得挺多的。"

"全都是些野孩子的知识。"蒂尔先生说。

"但所有的知识都是有用的，你不觉得吗？"我反问。

"我不觉得。"

他好像不想跟我谈下去了，但我却还有话要说，我直率地向他指出："你不知道的事，你就不会了解，而如果你不了解，又怎么能让它变得更好呢？"

"你真是个改革者。"他回了我一句，很显然，他不喜欢改革者。

"我只是希望能做一个对世界有用的人。"这是我的真心话。趁着这个机会，我还想确认一件事，但我自己也说不清楚那到底是一件什么事。"我觉得，巴沃太太的遭遇，村里人对她的态度……这些事都不应该发生……"我越说越小声。

"不应该？"他重复了一遍，仿佛觉得那是个特别愚蠢的字眼。

"我不知道该怎么解释，可是你不也这么认为吗？不然她怎么会在这里？"

"她在这里是因为她活儿干得好，"他告诉我，"是因为，就像你今天下午所说的，村里再没有别人会愿意来我这里干活，而她愿意。"

"蒂尔先生，"我自作聪明地说，"你是不喜欢被别人夸你做了好事吧？"

"如果我不配被夸奖的话。"他答得干脆。

那天晚上，我写信给康丝坦姨妈，讲了讲马波罗村和蒂尔先生家的情况，报告了一下我整理卡兰德家族文件的进度。我详细地告诉她，我已经做了什么工作，下一步计划把文件怎么分类，然后问她有什么看法或者建议。我还写了我这些天来的生活状况，以及我对瀑布旁边那片林间空地的感受。我写了好长好长，真不想写完，因为在写信的时候，我会觉得康丝坦姨妈就在我身边。

第二天下午，我打算去邮局寄信。我没有告诉蒂尔先生，我也不知道自己为什么不想说。不过我想跟巴沃太太说一声，总该有人知道我去了哪里，何况，她会注意到我不在家的。

吃完午饭，跟巴沃太太一起洗碗的时候，我告诉了她。"你真的能一个人走着去吗？"她问道，接着又自问自答地说："哦，你当然可以，你跟我以前一样，瘦归瘦，可是挺强壮的。我在牢里的时候，常常要洗很多衣服，吃得却不多——不过我一向这样，瘦巴巴的，却很结实，就跟你一样。你有钱买邮票吗？"

"有，我姨妈给我的路费还剩下一些。"我说着擦干了手，准备出发。

"琼小姐！"巴沃太太突兀地叫了我一声，接着也在围裙上擦干手，急匆匆地跑出了厨房。我站在那里等着，也不知

道为什么要等，或者在等什么。巴沃太太一直这样，脸上没
什么表情，我完全没料到她会这样突然走开。

巴沃太太回来时，手里拿着一件款式简单的条纹连衣裙，
站在我面前，有些不知所措。

"这是给我的吗？"我问道。

"如果你愿意收下的话。"她答道，紧接着又说："哦，我
并不是说你现在的衣服不好。"

"谢谢你。"我说着，不知道该伸手去接衣服，还是等她
递给我。

"我刚好有点布料，所以就做了一件。你可能会喜欢时髦
一些的衣服，但我们这里吧，并不怎么跟得上潮流……"她
说到这儿又停住了嘴。

"我今天就穿。"我立刻说道。

"随便你。"她答道。

呃，这真是我接受过的最奇怪的善意了。我一时不知该
怎么回应，只好再谢了她一回。

裙子很合身，裙身宽松地垂下来，有些像罩衫，裙摆在
脚踝上面，比我别的裙子要短一些，穿起来觉得行动更加自在。
我穿好了就去给巴沃太太看。

"本地的女孩子都这么穿。"她告诉我，"当然啦，在城里
是不能这么穿的。我们这里的女孩子常常不穿鞋袜，觉得比

较舒服。"

"那我不就跟麦克一样，变成小野人了？"我说着笑了笑。但巴沃太太却没有任何反应，弄得我又不知感恩地猜测起来，心想这衣服没准是蒂尔先生让她给我做的。

"你可能比他还要野呢。"巴沃太太说了这么一句，催促我快点出门。

我穿着新裙子，拿好信，在衣袋里揣了几个铜板，便赤脚沿着河边的泥土路往村里走去。走到伊诺克·卡兰德家的宅子前时，我发现草坪上一个人影也没有。路上的泥

土踩在脚下又细又软，但中间夹杂了一些小石块，把我柔软的脚底扎得很痛。不久我就学聪明了,知道留心避开那些石块。我走得很快，裙摆在脚踝上方轻快地摇曳着，让我真的有了狂野的感觉。我不禁在阳光下奔跑起来，不为什么，只是想享受那种手舞足蹈、自由自在的感觉。

到了村子里，我东张西望地寻找着麦克，但没看到他的身影。我转身径直走向那两幢红砖房子。

马波罗村里只有一条街道，我很容易就找到了那家代发邮件的大商店。店外挂着招牌，上面写着店主的姓氏：威利。我在门口迟疑了一下，不知道这样光着脚走进去合不合适。接着我想起来，如果这样不合适的话，巴沃太太就不会让我不穿鞋出门了，于是我放心大胆地走进店里。

店里很凉爽，光线有些暗，前面靠墙的货架上摆满了干货和各式五金用品,后面的货架上摆的是些杂货,食品罐头啊、米啊、面粉啊、咖啡啊什么的。尽管还远远不到生火取暖的季节，一座开放式的火炉却已经占据了店铺的中央。柜台后面站着一个大块头男人，在他身后摆着一整排威士忌酒。柜台的另一端则摆了几罐杂货店常见的五颜六色的糖果。

我走到柜台前，对那个男人说我要寄信。他一言不发地转过身，拿起一把小秤。我把信交给他。

"寄往波士顿，收信人是康丝坦·温赖特小姐。"他念着。

"请问要多少钱？"

他说了一个数，我掏出铜板来交给他。这时他问："你是住在蒂尔先生家吗？"

"是的。"

"那我们就不会常常看见你了。"他说。

我没有回答，他索性睁大眼睛好奇地打量起我来。他的头发几乎全白了，一张四方脸上满是皱纹。我不喜欢他。他盯着我看了好一会儿才说："你看起来不像是从卡兰德家来的人，不过，人不可貌相。"他说完了就等着我回应，我却不接腔。他只好问道："你还要买点什么吗？"

"没有要买的了。谢谢你，再见。"我答道。

他没有回应，我便走出店门，在门口站了一会儿，一边让眼睛适应外面强烈的阳光，一边打量着泥土路另一侧的白色房屋。接着我走下门廊，踩上布满泥沙的街道。就在这时，我瞧见了麦克，他正从拱桥上走过。我连忙挥着手追过去，想引起他的注意，不料我旁边的房子里有人急匆匆地冲了出来，正好跟我撞了个满怀。

还好来人反应迅速，及时地扶住了我的肩膀，我才不至于被撞倒在泥地上。我还来不及开口向对方道谢，便听见那人先道起歉来，噼里啪啦地就说了好一大通话："唉，我怎么这么莽撞啊？真对不起！你还好吧？呃，我想你应该没事，只是被吓呆了？不过应该没受伤吧？咦？你怎么做出那样的表情，是觉得疼吗，还是有些莫名其妙？唉，真是对不起！请原谅，我太莽撞了，走路也不好好看路。实在是因为刚才屋里的光线太暗，猛地一下走出来就觉得阳光刺眼得很，什么也看不清，你说是吧？我老是这么觉得。哎，你开口说话呀！说什么都行，好让我知道你没受伤……呃，我好像没给你机会开口，是吗？"

来人正是伊诺克·卡兰德。此刻他那双晴空般蔚蓝的眼睛里流露出了浓浓的关切，一头金发在阳光下越发显得闪亮而耀眼。他的脸上闪过了惭愧、愉悦和好奇的表情，这几种情绪变化得如此迅速，让我根本分辨不出它们转换的过程。今天他仍是穿着一套白色衣裤，全身上下一尘不染。

"我没事，真的。"我终于开口说道，让他放心。但他这样盯着我，让我不禁脸颊发烫，于是我就像教训学院里的那些小女生似的告诫他："你这样盯着人看很没礼貌啊。"话刚出口，我又后悔自己说得太鲁莽了。可他却促狭地对我微微一笑。

"我平常都不会这么笨手笨脚的，也不习惯在大庭广众之下撞倒年轻的小姑娘。请告诉我，你会原谅我吧。"他笑得很有把握，仿佛认定我会原谅他。

"没什么要原谅的，"我说，"真的。"

"听你这么说我就放心了。"他摘下草帽，朝我煞有介事地鞠了个躬，"请容我从容地介绍一下自己：在下伊诺克·卡兰德，愿意随时为您效劳。"

"我知道。"

他又笑了起来，其实他一下就听出来了，我并不是故意要把话说得冷淡。于是他捉弄似的问我："你知道什么？知道我愿意为你效劳吗？"我不禁也笑了起来。他又问："你的意思是不是我们俩何必互相扯谎呢？你是个与众不同的直率的女孩，所以我也直话直说了——我当然知道你是谁，你一到这里，我们就都听说了。你住在丹·蒂尔家里。据说，你是来帮忙整理阁楼里的文件——我家的文件的。呵呵，那些文件是不是很枯燥乏味呀？我猜一定是吧，我也得为这一点向你道歉。恕我直言，我父亲就是个乏味的老人，留下那么些泛黄的纸，现在还得麻烦你花时间一页页去翻。哎，我一点也不羡慕你的工作，我只是觉得应该再向你道歉。可爱的小姐，你叫——不，等等，先别告诉我你叫什么名字，我也看得出来，你并不着急告诉我——你是个小心谨慎的人吧？哎，真是难得呀，我真是幸运！"说到这里，他绽出一个笑容，再朝我掀了掀帽子，只管继续说下去，"我居然撞上了你。啊，太好了，你挺有幽默感的。不知你是否能让我玩个小游戏呢？有时候让脑筋转一转挺重要的 。"

我不知道该怎么回应，于是站在那里，抬头盯着他的脸。

"你这是要回大宅吗？我们一起走好吗？我这个人很可靠的，你跟我在一起会很安全。"

"到了河边我们不就要往相反的方向走了吗？"我诧异地问道。

"还有一条路可以从我家那边穿到大宅去，这是个秘密，我只告诉你一个人哦。不过，这也不是什么大秘密，我看得出来，我们才刚刚认识，如果我马上就跟你泄露一个大秘密，你一定会不以为然的。其实那只是一条私密的通道，你可能会失望的，不过我已经说出口了，肯定也引起你的好奇心了。"我还来不及说我一点也不好奇，他立刻又接着说道，"我们可以从瀑布上方穿过去，你还不知道吧，对不？我看得出你很意外。到了瀑布那里，你还得再往前走一段路，但我很乐意陪你，真的很乐意。"

这样你也得多走一段路了。但这句话我并没有说出口，反而同意和他一道走了。我实在找不出理由拒绝他，再说，跟他并肩走路，总比一直和他面对面地站在大街上要好得多。不知怎的，直视他竟让我有些分神。他话语流利，一张脸生机盎然，以前我从来都不曾在一个成年人身上见过这种生气和活力。我从他的身上感受到了一种不可预知的力量，仿佛人生就是一场游戏，而他玩得尽兴又开心。

我们一起沿着小路走上河上的拱桥，麦克已经坐在岸边开始钓鱼了，并没有看见我。这时卡兰德先生拾起了之前的话题："说到我的小游戏，我真的很在行——你或许会觉得我很爱自夸，但我的观点是：如果自己都不看重自己，那还有谁会看重你呢？——我们这里很难得有陌生人来，在马波罗这样的小村子，来个陌生人是很稀奇的事。所以每次遇见陌生人，我都会向他们提出特别的要求。现在我就要对你提出特别的要求了，我无名的小姐。"

"好啊，什么要求？"

"你挺有幽默感的，真的。真高兴能认识你，尽管我们是在那样尴尬的情况下认识的——我不会忘记自己有多莽撞。言归正传，我有一个理论，那就是根据一个人的长相，你就能猜出他的名字。不过，一般对方得是一个成年人才行。我相信只要观察得足够机灵敏锐，就能够猜出一个人的名字；所以我觉得，我能猜出你的名字——除非你不想让我猜？"

我觉得这很有意思，于是摇了摇头，表示并不介意他猜。我想不出理由来拒绝他这个傻气的要求，再说，我真的很好奇他会怎么猜。

"你的名字一定很美，但又不是那种花哨做作的，而是稳重平实的，但仍带有一丝梦幻，简单而女性化。不过，可能会有一点点……严肃，如果我没猜错的话。"

以前从来都没有人跟我说过这种话，我可没忘记蒂尔先生还管我叫过"古怪的小侄女"呢。现在突然听见别人这么夸赞，我觉得很开心，于是等着看这游戏要怎么玩下去。我们走上了河对岸的马路。路两旁的树木浓密，要不是早就了解了这里的情形，我一定都想不到这里还藏着一条路。大树的枝叶茂密，往路面投下一片阴凉舒适的树阴。卡兰德先生静静思索了片刻，说道："我想，如果让我给你取名字的话，我会叫你黛安娜——月亮女神的名字。"

我抬眼瞄了他一下，想告诉他错得有多离谱。他却抬手阻止我说话，改口道："不，不对，我知道刚才我一定猜错了，应该是一个更理性的名字，比如夏洛蒂或者珍……不对，是琼！没错，我喜欢这个名字。好了，我决定就猜这个了——你叫琼。现在告诉我，你叫什么名字吧。是不是琼？还是从这个名字变化出来的类似的名字？你得容许我有一点误差。"

这实在是太惊人了！我整个人傻站在那里，只能点头。

他兴奋地抬起头看着路旁的树木，满脸欣喜地说："我说过我很在行的，没错吧？这下你总该相信我了吧？刚才你肯定以为我很傻呢，是吧？当然啦，我可猜不出你的姓了。"

"我姓温赖特。"

"你好，温赖特小姐。不过我可以叫你琼吗？毕竟我猜中你的名字了呢。"

"可你到底是怎么猜的呀？"我好奇地问。

"呃，这是个秘密。那你能猜到我什么呢？不能是伊诺克哦，这名字太硬太尖锐了，又太严肃，就像圣经里的名字。这个名字是我继承我爷爷的，他是个恶棍，跟我一样一点也不适合叫这名字。如果让你来猜，你会猜我叫什么名字呢？"

"那我得好好想一想。"我回答。其实我在撒谎，因为我一看到他，就想到了那些代表强壮俊美的名字，好比圆桌骑士兰斯洛特，或者是带有顽皮促狭味道的罗宾，就像传说中的淘气小妖精罗宾·古德费洛。

"你说得对，"他表示同意，我们一同穿越静谧的树林，"是得好好想一想，我父亲当初要是先慎重地思考一下就好了。我喜欢这个词——慎重思考——许多事情只要经过慎重思考，都可以理清，比人们想象的要清楚得多。"他话题一转，接着又说："哎，我扯得太远了。我得警告你，我很爱胡扯，说话很容易跑题。我该不该把我的事情都告诉你？还是你先说你的事？反正我们都要成为朋友了。"

"那你先说。"我回答，心想我的事可能引不起他的兴趣。

"我就是老丹的小舅子——我是说，蒂尔先生的小舅子，我们应该尊重亲戚——说得更清楚一些的话，他曾是我的姐夫，我姐姐艾琳曾是他的妻子。但艾琳在十年前去世了。"提起姐姐的时候，他的语气里不再有笑意，眼神也跟着凝重起来，"我妈妈生我的时候难产死了，是艾琳一手把我抚养大的。我常常会想，有妈妈会是怎样的感觉呢？没妈的孩子真的很可怜，应该得到所有人的同情。但每个人都说，艾琳把我宠坏了，最后我也不得不同意大家的看法。可是，被宠爱的感觉真的很美好。我今年三十八岁了，但你看不出来，是吧？我就像人们常说的金童，总也不显老。我一辈子不事生产，若是在更早、生活更安逸优雅的年代，我算得上一个地方士绅吧。我有三个孩子，老大约瑟夫十七岁，可能太像我了；维多利亚十五岁，已经出落成一个美人了，如果我们能让她离开这个村子，送她进入上流社会，她一定大有可为；还有本杰明，他才十四岁，深具潜力，前途无量。我没有辱没你的年纪吧，你今年几岁了？"

"十二，"我答道，很快又补了一句，"到秋天就十三岁了。"

"我猜也是。"他说，"现在你对我了解得一清二楚了，轮到你告诉我你的事了。"

"我跟我的康丝坦姨妈一起住，据我所知，她曾是你姐姐的好朋友。"

他想了一会儿，答道："我从来也没听说过你姨妈。当然了，艾琳有很多朋友我都不认识。在她去世之前几年，我们就分开住了，各过各的。有几年是因为我上学要住校，后来是因为我结婚了。艾琳私底下很倡导男女平等，你姨妈也是这种观点吗？"

"是啊。我姨妈总说：剥夺女性的投票权是非常不合理的。你要是好好想一想，就一定能看得出女人和男人一样有能力。她认为现在男女之间最主要的差异就是教育，女人应该和男人一样有接受良好教育的机会，于是她就在剑桥办了一所女子学校。蒂尔先生是学校的理事之一，所以我才有机会来到这里。"

"老丹是你们学校的理事？"卡兰德先生似乎很惊讶，"那你的父母呢？"

"我父母的事我一点儿也不知道。"

"可是，你姨妈多少都会告诉你一些吧？"

"她没说过。"

"那你不会觉得很奇怪吗？我是说，如果你是她的兄弟或者姐妹的孩子，她一定会跟你提起你的父母家人的。当然了，除非……"他说着飞快地瞄了我一眼，没再往下说。他的意思相当明显了。

"时机合适的时候,她自然会告诉我的。"我嘴上这么说着，可心里却因为他的话而起了疑虑。姨妈到底为什么一直不跟我说呢？她是在刻意瞒着我吗？因为我的身世是一个可耻的秘密？

"嗯，也许是因为她如果告诉了你，事情就会不一样了。这世上总有那么多令人好奇的事，是吧？不过，你这么信任你姨妈，可见她是个好人。"

"那当然了。"

"你原来住在哪里？"

"剑桥，在波士顿附近。"我又说了一遍。

"那你其实是个城市孩子了？我也是，我们可是少见的天之骄子，你说是吧？我以前住在纽约，你知道纽约吧？"

我并不知道。

"我在纽约出生，小时候一直住在那里，直到我父亲带着全家人搬来这里。你在整理那些文件时，有没有看到关于这一段生活的记录？"

"我只是注意到他不赞同经营军工厂。"

"我父亲不赞同的事多着呢。他不赞同开办军工厂，不赞同战争，甚至不赞同我爷爷帮他逃避战争的手段。我爷爷当年花了三百美元，买通了一个工厂员工代我父亲去从军。那样其实是合法的，而且比起其他买通人参军的，他出手算大方了。但我父亲却很不赞同这种做法。此外，他还不赞同赌博、喝酒以及骂脏话，也不赞同吃得太好和睡得太多。总之，他就是不赞同享乐，所以我一直怀疑他看不上我的生活方式。"

我忍不住咯咯地笑起来。

"可是我父亲对人生的了解并不够深刻，才一次沉重的打击就让他撒手走了。他的心脏无法承受那种压力，就像他在对自己说：'该来的事就让它来吧，反正我也无可奈何。'"

"当时究竟发生了什么事？"我鼓起勇气问道。

"我姐姐死了，死得很离奇。实际上，我父亲在世的时候她还没有死，只是很显然是救不活了。父亲死后不久，她就跟着走了，家里一团糟。不过，尽管很悲痛，我们最终还是熬过来了。真正的卡兰德家的人总是能坚强地活下去，你在那些文件里会发现这一点的。而丹·蒂尔，在那场混乱中大有收获。"

我们默默地走着，河水在一旁奔流向下，与我们前进的方向正好相反。走上山坡后，巨大的岩石一一出现在眼前，仿佛是刚从地底使劲地冒出来的，就像深埋在地下的什么秘密突然曝了光。

"你和丹·蒂尔相处得怎么样？"过了好久，卡兰德先生才又开口问道。

"还行。"

他一听不禁仰头笑了起来，说道："我明白你的意思：也就是他到画室里画画的时候，你在忙着翻阅那些积满灰尘的旧文件。"

事实也差不多就是他说的这样，我没法反驳。

"你真是个外交家，琼·温赖特小姐。"卡兰德先生眨眨眼睛，说道，"等我的儿子约瑟夫长大后，你能不能嫁给他，协助他成为一个有出息的人？他需要一个思维审慎的人来帮助他思考，你能答应去拯救他吗？"

"我恐怕不是个好对象。"

"唉，问题就出在这里。"卡兰德先生表示同意，"一个能继承大笔遗产的女孩，可以解决我们现在的许多问题，但在马波罗这种地方可找不到这样的富家女，对吧？要在大城市里才有。"他双手一摊，仿佛拥抱着一个看不见的世界，又说道："我好想念城市，尤其是城里多姿多彩的一切，就好像——这实在难以形容，是不是？"

我们继续往山上的大宅走去。一路上他向我描述童年记忆中的纽约，详细地形容了纽约港的风貌。通过他的话，我几乎能够想象港口内处处可见的桅杆高大的船只，它们来自全球各地，肤色不同的船员和水手齐聚一堂，真可谓世界一家，精英荟萃，五光十色，热闹非凡。他谈起纽约来滔滔不绝，似乎对那里的一切都了如指掌。

"我很幸运，在纽约住了许多年——我尽量往好的方面去想，应该这样，对吧？——我在那里度过了很多年快乐的时光。爷爷在世的时候，我父亲一直都不敢把工厂卖掉。他也是个精明的生意人，这一点倒很令人惊奇，起码他赚了不少钱。可是爷爷刚过世，他就马上把工厂关了。看来，我父亲有成为成功生意人的能力，却缺乏足够的勇气，你说是吧？"

我说我不知道。

"其实我也没有什么好抱怨的。他留下了一大笔财产，只是，现在这批家产却变成了一个棘手的问题，有一天……"话说到一半他突然打住了，转而问我，"琼，你对将来有什么打算？"

我告诉他我想去上大学，毕业以后当一个教育家。他表示很佩服。

我们边走边聊，不知不觉间已经走到了他家门前。经过草坪前面时，我留心看了一下，屋里的白纱帘后并没有人影在躲着偷看。卡兰德先生说："我这房子虽然比不了山上的那幢，但我们已经觉得很舒适了。"

我们继续往前走，到了瀑布那里，这趟散步就要结束了。我突然有点怅然若失。

"现在，"卡兰德先生忽然换了一种神秘兮兮的语气，活像个准备施展魔法的魔术师，"我要给你看一样这个世界上只有我一个人知道的东西。这原来是我和艾琳之间的秘密。哪天我一定要跟你聊聊艾琳的事，你有倾听别人说话的天赋，我得让你知道这一点。"

他说着抬高手臂，从旁边一棵老山毛榉的枝叶间，拉出来一块灰色的长条木板，随后问我："你见过这种东西吗？"

"看起来像一块跳板？我们学校的花园里有一块，那些小女孩都爱在上面又蹦又跳。"

"你也可以在这上面又蹦又跳。"卡兰德先生说着把木板高举过头顶，走到河谷边缘放了下来，让它的另一头搭在对岸，"艾琳和我曾把它当成一座桥。我不妨跟你直说：蒂尔先生并不怎么欣赏我，所以艾琳和我有时得私下里会面。我很喜欢这个游戏，我什么游戏都喜欢。用这块木板做桥挺方便的，是吧？"

可我觉得，那块窄窄的木板搭在那里，让它下方的瀑布看起来格外危险。

"我先稳住这一头。"他说着踩上木板，贴近河谷的边缘站着，然后招呼我，"现在很稳了，喏，你踩上来，我走过去。这看起来好像挺危险的，其实并不是。"

我踩了上去，他随即像只猫似的走到了木板的中央，走得又快又稳。那里距离瀑布的下方很高很远，必须小心翼翼地走，可他竟然伸展双臂保持着平衡，开始轻轻地跳动起来。整块木板都在随着他的动作而震动，把我吓得大喊："这样太危险了吧？"

他转过身，走回我面前，眼睛里闪烁着顽皮的光彩。他淘气地说："生活本来就是危险的，如果没有危险来振奋一下，那这人生得有多乏味呀。我没想到你竟是个胆小鬼。"

被他这么一激，我当然只能硬着头皮壮起胆走过去了。

其实我的心都提到嗓子眼儿了，吓得要命，就怕摔下这狭窄的木板，掉进下面的深潭里。湍急的水流就在我脚下冲击着岩石，激起一片白沫。我极力压抑内心的恐惧，好不容易才走到木桥的另一头，踏上对岸。

卡兰德先生收起那块长木板，放回树上，向我喊道："你挑一个星期天来我家吃饭，好吗？"

"好哇。"我也喊回去。

"太好了。我知道，有人不肯来。"他笑了笑，朝我挥挥帽子道别，"下回见，琼·温赖特。"

我朝他挥了挥手，快步穿过林间的空地，走向蒂尔先生家。卡兰德先生很快消失在对岸的树林里，即使我竖起耳朵仔细倾听，都听不见他的脚步声了。我正回想着和他一路走回来时的情景，以及边走边聊起的那些事，蓦地却记起了一件事：这个和我一见如故的男人，正是多年前把巴沃太太送进监狱的那个家伙。

想到这里，我的心情变得糟透了。当年到底发生了什么事？我决定要好好探究一番。现在，我对他们双方的了解都还不多，只是觉得二者之中，卡兰德先生似乎比较坦率，不那么高深莫测。

第六章

油画中的阴影

　　我一边奔向大宅，一边回想着刚刚一路上与卡兰德先生的交谈，思索着他到底有什么魔力，能够那样侃侃而谈，让人感觉那么平易近人，没想到迎头遇见了蒂尔先生。他刚从野外散步回来，高大魁梧的他此刻看起来就像个农夫，一点也不像个画家。他满头大汗，靴子上沾满了泥巴。

　　"你看看你。"他一见我就说了这么一句。我正好想跟他说这句话呢，还好忍住了没说出口。看到他，我的心情一下子就变了，但我才不想被他左右情绪呢。于是我对他说："这条裙子是巴沃太太送给我的。"我本以为他多少会评价一两句，比如说我看起来很不一样了之类的，但他什么也没说，只是站在那里等着我赶上去。

"我刚从巴沃太太的娘家回来,她爸妈和两个兄弟在帮我耕种这片田地。"他说。

"哦,我都不知道这事。"

"今年的收成应该会很不错。"他接着说,"玉米长得很好。我听说,你下午到村子里去了?"

"你怎么知道的?"

"小麦克告诉我的。"

"在这一带好像藏不住什么秘密。"我有些无奈地说。

他想了一会儿,说道:"有些秘密根本不可能藏得住,别的事也藏不住。我叫麦克明天到家里来,还交代他带上拉丁语课本。快下雨了。"

我默不做声。

"你该不会又生我的气了吧,嗯?可你没理由生气呀。"他问道。

我想他说得对,毕竟我曾跟他说过想认识麦克。"我没生气啊。我刚才在村子里看见麦克了,不过没和他说话。"显然麦克是后来从河边上来才碰到蒂尔先生的,我还以为他一整个下午都会坐在河边钓鱼呢。不过我也不想在意这件事了,便转移了话题,问他:"你怎么知道快下雨了?"

"巴沃太太的父亲马特·詹金斯告诉我的,他很少预报错。

他说，很快会连着下两三天雨。"

我抬起头，只见头顶茂密的枝叶映衬着湛蓝的晴空，蓝蓝的天上还飘着几朵白云，便忍不住说："看起来不像要下雨的样子啊。"

当时我没有跟他提起遇见伊诺克·卡兰德的事，不知是因为直觉告诉我蒂尔先生听了会不高兴，还是我想保有自己的秘密，即使多保有一会儿也好。一直到吃晚饭的时候，我才讲给他听。他听完立刻紧紧地盯着我，好一会儿才问："你喜欢他吗？"那种表情似乎是觉得该说几句话，但又很不情愿提到伊诺克这个人。

"我很喜欢他。"我脱口而出，接着提到了伊诺克先生跟我聊起纽约的那一段，滔滔不绝地说了好半天。蒂尔先生一直静静地坐在那里听着，目光阴沉地盯着我，身子一动也不动。我没有告诉他伊诺克先生猜对我名字的趣事，因为我觉得他八成会不以为然，认为这种行为太过轻浮。讲完了之后，我又重提了巴沃太太坐牢的事，想听听他会怎么解释。

"你没必要知道这件事。"他淡然地回答，不肯再多说。我以为他就这样拒绝了我的请求了呢，但没想到起身的时候，他竟叫我一起去他的起居室。

平时吃完晚饭后，蒂尔先生总习惯到他的起居室里去坐一会儿，直到我上楼去。而我那时通常是在帮巴沃太太洗碗，洗完碗后会回楼上的房间里阅读。所以我不明白，今天这项作息的改变究竟意味着什么。

蒂尔先生的起居室在大宅的后部，此刻依然被夕阳的余晖照耀着，满屋子金黄和粉红的光线。房间不大，家具只有一张书桌和摆在小壁炉前面的两张扶手椅。壁炉上方的墙上镶着嵌板，挂着一幅油画。巴沃太太用托盘端了一壶茶、一壶牛奶、一罐糖和一只空杯子给我。扶手椅的旁边还摆着另一个托盘，上面放着一瓶白兰地、一只小酒杯和一个雪茄盒。整个房间最吸引人的便是那幅画，但我不知道能不能盯着它看，于是尽量不去注意它。

"尽管看吧，没关系。"蒂尔先生看出了我对那幅画很感兴趣，还鼓励我去看。我便走到壁炉前，仔细地打量着那油画。我猜得没错，那果然是他的作品，油画的右下角签有"丹·蒂尔，一八八七"的落款。我该怎么形容这幅画呢？它的个人风格强烈，很美，也很粗犷强硬，色彩与笔触鲜明，却又看不出明显的流派。

蒂尔先生显然也很熟悉我在瀑布旁发现的那一小片林间空地，他画的正是那里映着夕照的情景。那种气氛和场景，我一眼就认了出来。他和我一样了解那里的静谧，可是这画中的树影和幽暗的河水里，却隐藏着某种慑人的东西，仿佛那不断扩张的黑暗即将一跃而出，占领那片安详的美景。我站在画前看了很久。

"你知道这个地方？"他终于问道。

"是的。"我回答，接着问他，"你画人像吗？"

"很少画。我能够了解人，却画不出来。我试过一两次，并不成功。人像有太多的矛盾冲突和暧昧不明……"

我站在那里看了他一会儿，又转过头去看画。认识他这么久，这还是我第一次感到他说话的口气那么犹疑不定。

"你不用评论什么。"他说。

"我喜欢这幅画。"我嘴上这么说着，心里却清楚这句话毫无意义。

"这并不重要，是吧？"他突然问。

"也许吧。"我忍不住又说，"这幅画——很强烈。"

"是的。坐下来说。说不定哪天你会想参观一下我的画室，说不定，哪天我会让你去看看。"

这个邀请听起来可不怎么真诚。我坐下来，自己倒了杯茶，往里面加了糖，等他开口。他拿起一根雪茄，往椅背上一靠，好半天才说："你说你喜欢伊诺克·卡兰德？"

"是的。"我想不出什么理由来否认这一点。

"所以你想替他说话？"他说道。我没有回应，但他说的也是事实。他接着说："那我就把我知道的情况告诉你吧，信不信由你。"

这下我更没什么好回答的了，他让我无话可说。

"詹金斯家，也就是巴沃太太的娘家，是马波罗村本地人。他们家有三个儿子和五个女儿，巴沃太太排行老三，是长女。詹金斯先生自己没有地，是替别人种地的佃农，他们一家人都必须辛勤工作，才能勉强维持生活。后来他的两个儿子都结婚搬走了，一个女儿去了附近的城市当佣人，巴沃太太则到伊诺克·卡兰德家工作。那时，她刚刚与一个年轻的农夫查理·巴沃结婚。"说到这里，他咬开了雪茄的尾端，点燃了之后，眼睛盯着他的画作继续往下说：

"卡兰德家族是这一带的大户人家，很有钱，生活优越。但他们并不是土生土长的本地人，所以村民们仍旧把他们当成来路不明、不可信赖的外地人。可他们来了以后，又促进了马波罗村的繁荣，因此大家又都急于讨好他们。詹金斯家本来不想让巴沃太太到伊诺克家工作，但他们别无选择。这份工作的薪水虽然不多，却又比在其他地方工作要赚得多。可是，巴沃太太在伊诺克家里当女佣，什么事情都得做：照顾小孩、打扫卫生、洗衣服、干厨房里的粗活，还要服侍主人用餐等等。伊诺克一家狠命地压榨她的劳力，看准她很需要这份工作，使劲地剥削她。

"她是真的很需要这份工作，因为她弟弟病了，有可能是肺病，得花钱买药、请医生。"

"卡特医生。"我说道。

"没错。卡特是个愚蠢又贪心的人，不管多穷的人来看病，他都一律要求先付费后治疗。村里人都恨透了他。这个庸医还常常误诊，要不就是连盲肠炎都诊断不出来，要不就是接好了病人的断胳膊，却害得人家一辈子跛脚。可谁叫本地只有他这么一个医生呢。除非万不得已，村里人绝对不会找他看病的。那时詹金斯家就是迫不得已才找他的，因为那孩子在咯血。"

我点点头。

"詹金斯先生其实可以去别的地方求助，但他这个人自尊心太强了。他有一些朋友，如果他们知道了这情况，一定会愿意帮他的。"

见他说得有些跑题了，我赶紧问："那巴沃太太到底做了什么事？"

"她偷了几把银茶匙。法庭审理时，罪证确凿，她也并没有为自己的罪行辩解。"

"可是他们逮到她之后，就把银茶匙要回去了，不是吗？"

"但是伊诺克·卡兰德坚持要告她。"

"为什么？"

"他没跟我说过到底是为什么。他父亲和姐姐也试着劝过他，但也许原因就在这里。伊诺克坚称，如果人们的财产所有权都得不到尊重，那这世上的法律和社会秩序就会横遭破坏。他必须做出正确的事，还说这么做他自己也很痛苦。"

蒂尔先生的脸笼罩在阴影之中。我说："听你的口气，你并不相信他的说法？"但我觉得这番话很有道理。

"你是说做正确的事？"他这么回答，"这句话我可不懂，我的过去……我不知道能不能说自己做了正确的事。"

"你是指参军的事吗？"

"你姨妈都告诉你了？是啊，她当然会说。到现在我仍觉得当时我只能做出那样的选择，可那是正确的事吗？总之，伊诺克·卡兰德觉得自己做了正确的事，而巴沃太太便因此进了监狱。那是一八八〇年，也就是我娶艾琳·卡兰德的前一年，当时巴沃太太才十六岁。后来，我才对这事有了更多的了解。"

"你了解到了什么？"

"乔赛亚·卡兰德，也就是我的岳父，他反对伊诺克的做法，两人吵了起来。但伊诺克不肯改变主意，乔赛亚只好花钱从波士顿请了位律师来替巴沃太太辩护。之后他还尽力帮助了她生病的弟弟。但这一切仍旧白费了。"这么说来，卡兰德家还是帮了忙的。伊诺克先生一定早就料到他们会那样做。

"可我是本地人，"蒂尔先生继续说着，打断了我的思绪，"我打小就认识弗洛伦斯·巴沃，所以很清楚那十年的牢狱生活对她的影响究竟有多大。"他的语调变得很冷峻，令我禁不住全身蹿起一阵寒意。

"那她现在才三十岁呀？"我算出了她的年龄。

"是啊，牢狱生活让她过早地衰老了。"他话说到一半打住了，又说，"当然，当查理也远走高飞的时候——"

"那是她入狱多久以后的事？"

"快一年的时候。"

"他才等了那么短的时间啊。"我有点愤愤不平。

"后来，她弟弟也死了。"蒂尔先生接着说。

"可怜的巴沃太太。"我心里对她充满了同情。

"她出狱之后，村里人就都跟她疏远了。他们虽然也同情她，却始终和她保持着距离。"

"唉，真是糟糕。那你呢？你那时是怎么做的？"

"我是怎么做的并不关你的事。"他不客气地回了一句，好像我的问话提醒他注意到了我跟他的主从关系，"这就是你想要听的事情经过，我不知道你听了以后有什么感想。"

"我得好好想一想。"我回答。我并不认为热情风趣、对我又那么亲切的伊诺克·卡兰德先生，会像蒂尔先生所形容的那样冷酷无情。我甚至怀疑，蒂尔先生在讲述时是否刻意隐瞒了什么事。我看着暗影中他的脸庞，却看不出一丝端倪。

88

第二天，正如蒂尔先生所说，果真下雨了。大雨从灰蒙蒙的天空倾泻而下，敲打着屋顶，拍击着地面。雨势强劲，持续不断。我依然按照平日的作息，在上午工作。整理到现在，我开始了解到乔赛亚·卡兰德和他的父亲老伊诺克之间的分歧了。南北战争正打得热闹的时候，老伊诺克要乔赛亚去巴黎逃避战火，可乔赛亚并不想去。但父命难违，老伊诺克有着钢铁般的坚强意志。当时乔赛亚已经三十五岁了，失去了妻子，还带着两个孩子，可老人家还是把他当成年轻小伙子一样，逼他去欧洲。他写信给乔赛亚，说："我会替你打点这里的事，你只要替我的孙子孙女找个能干的保姆就好，一定要找英国保姆，不许找别的国家的。我不想再听见你抱怨了，明白了吗？如果我应付得了这里这些人的闲言闲语，那你远在欧洲就更不成问题。良心有一点点不安不会怎么样的，我敢说，大多数的人都不会指责你。"

后来乔赛亚又从伦敦写信来抗议，他老爸回信表示："你再怎么反抗都没用，最好快点接受事实。你不能去打仗，你得为孩子们着想，你走了他们可怎么办？乔赛亚，你是我的继承人，你对我也负有责任。"

那次的信件来往以后，乔赛亚每个月写给父亲的信里便只提及孩子们的情况，以及欧洲各地的风光。他父亲就更难得回信了，即使回，也只会说经营军工厂遇到了很多困难啊，抱怨政府法规的限制太多啊，工人们不可信赖啊等等。这一对父子的书信来往真是奇特，两个人明明在各说各话，却又要称之为对话。

午饭后，麦克来了，一头湿发滴着雨水，但用好几层报纸包着的拉丁语课本却仍是干的。巴沃太太领他到图书室来。我们在壁炉里生起一小堆火，以驱走寒冷的湿气。在这个山区里，即使现在还是七月，但一场大雨下下来，也挺冷的。我不得不承认，看到麦克我觉得很高兴。在努力工作了一上午之后，我真的很需要摆脱一下那种不和睦的父子关系，还有那一大堆没完没了的家务事的影响。上午我已经整理到战争结束后，卡兰德一家返回纽约市时候的文件了。

麦克在图书室里左右看看，眼光在书桌上堆放的文件和地板上的十二个箱子之间游移，最后落到坐在书桌后方的我身上，他对我说："这可真是份苦差事啊！不过跟你这个人倒是挺般配的。"

"你说这话是什么意思啊？"坐在书桌后面，我感觉自己有一点像康丝坦姨妈，而麦克就是一个顽皮的学生，是被我叫来训话的。

"这里很整齐啊。"

"整齐？"我看着眼前乱七八糟的一切，不可思议地反问他。

"是啊，我敢说，你很清楚这里每一堆文件的类别和内容。"

他说得没错，我是很清楚。他接着又说："你肯定已经做了很多工作了。你整理完几箱文件了？"

"两箱半。"我答道，这听起来并不是很多。

"那你来这里多久了？"

"快两个星期了。"好奇怪，我怎么感觉不止两个星期。

"你真想教我拉丁语吗？"他问，"可我真的很没救哦。"

"别说傻话了，没有人是没救的。"我说话的口气简直跟康丝坦姨妈一模一样。

我们一起用力挪开了两个箱子，清理出壁炉前的一小块地方，然后坐在那儿的地板上，麦克不断地回头看看，说道："你以前说得很对，这工作我可做不了。"

我发现自己不怎么喜欢看麦克谦虚的样子，于是说道："我也没法在田里工作一整天，我们俩算各有所长吧。"

他听完笑了笑，放松地说："明天还是会下雨，我带你去瀑布那边看看。下了一整天的雨后，瀑布会变得……非常大。"他的声音越说越小。

"好啊，"我高兴地说，"河水上涨了吗？"

"开始涨了，如果雨一直这样下个不停，等到明天，河水还可能泛滥呢。"

我开始给他上拉丁语课。他并不算没有救，只是整个儿乱成一团，处境凄惨。我便从基础教起，一遍又一遍地教。

不过，他的记性真是很差，又容易气馁，我只好不断地鼓励他，就像在教康丝坦姨妈的那些小学童读书似的。

过了一会儿，巴沃太太送了一壶可可和一盘温热的饼干进来。麦克和我立刻合上书本，把揉皱的练习纸扔进火堆里，高兴地吃起点心来。

"你好像和卡兰德先生聊得很不错。"麦克说着一口吞下一块饼干，又马上伸手拿了两块，接着提醒我，"昨天。"

"有什么不对吗？"

"你们都在聊些什么呀？"

"你又监视我？我不喜欢被人监视！"

"我没有监视你，我是在钓鱼，记得吗？"他生气地说，"你都看见我了呀！我还看见他故意撞你了。"

"他不是故意的，是不小心撞的。"我反驳道。

麦克耸耸肩，说道："我能看见的你却没有看到。你们在聊什么？"

"都是些你不会感兴趣的事。你不喜欢他，对吧？"我问。

"对，我一点也不喜欢他。"

"为什么？"

"我有我的理由。"

"不过我喜欢他，他是个有教养的人。"

"他就像条蛇。"麦克毫不客气地批评道。

"你这是在嫉妒他。"我觉得自己看穿了麦克的心思。

"我嫉妒他？"麦克似乎吃了一惊，"我干吗要嫉妒他？"

我能想出一堆理由，但似乎不应该说出口。

"如果他那么了不起，当年为什么还会那样对待巴沃太太？"麦克又质问。

"那时候你又不住在这里，你怎么知道当时是什么情况？"我马上反问。

"我就是不信任他。"

"我才不管你信不信任呢。"我说完，和他一样板起脸来。我们俩好半天不吭声。随后我又懊悔为了卡兰德先生的事跟他吵架了，因为我好好想了想，才想到或许他能告诉我更多有关卡兰德先生过去的事，蒂尔先生昨天晚上说得还不够多。

幸好蒂尔先生就在这时走进图书室来了。我正打算结束这场争执，却想不出法子收尾呢。

蒂尔先生的皮靴上沾满了泥巴，他一边递给我一封康丝坦姨妈寄来的信，一边招呼："你好，麦克。"又说，"巴沃太太去给我拿杯子了。"这等于告诉我们，他打算坐下来跟我们聊天了。这里是他家，我当然不能说不行。接着他又问："你们在学拉丁语吗？"他瞄了我的书桌一眼，像是在确认我有没有认真地工作赚钱。

我让麦克跟蒂尔先生先聊，自己三下两下地看完了康丝坦姨妈的信。然后我再加入他们的谈话中，听他们大谈钓鱼、收成、天气和可能会淹水之类的话题。不久麦克就回家了。

第二天下午他又来了。上完拉丁语课后，他便按照前一天说好的，带我去看瀑布。我们裹着厚重的防水外套，戴着宽大的帽子，迎着强风走上陡峭的山坡。一路上我们很少交谈，因为风雨声太大了，得扯直喉咙大喊才能让对方听见。麦克不时转过身来对我微笑，他的笑容感染了我。看起来，他很喜欢踩着水洼和湿淋淋的野草前进。大雨狠狠地扫下来，树枝被强风吹得摇来晃去。这并不危险，而是很刺激，我也不禁乐在其中。

我们来到了河谷边缘，麦克伸直两手，双膝一跪，整个人趴在地上，还示意我照着做。我迟疑了一下，穿着连衣裙可不太适合在烂泥地上爬呀。但我咬了咬牙，还是跟着他趴了下来，一起爬到边缘往下看。

瀑布顶端的河水奔腾汹涌，在周围的岩石之间翻滚，发出轰隆隆的巨响。下冲的水幕猛力撞击着下方水潭里密布的石块，引起水花四溅。河水湍急暴涨，声势夺人。麦克和我并肩跪在那里，静静地凝视着这幕景象。

一根像锄头柄那么粗的大树枝忽然从瀑布顶端冒了出来，飞快地漂过我们身边，坠下瀑布之后便砰地撞断了，碎落的木块在喷着白沫水花的水面上急速打转，好几秒之后才顺着

水流往下游漂去。

我根本没想到河水暴涨之后，瀑布的声势会这么惊人。眼前的景象十分震撼，不仅令人兴奋，也非常吓人。我和麦克观看了许久。在我眼中，这个地方将不再那么单纯而安全了，但我明白，这也是另一种形态的美。

过了一会儿，麦克打手势要我回到那棵大山毛榉的树阴下，借着它浓密的枝叶遮风避雨。

"感觉怎么样？"他问我。

"这让我想起了蒂尔先生的油画。"我回答，接着问道，"你平常都是躲在哪个地方监视我的？"

他指着身后那一排山毛榉中的第一棵，告诉我："就在那里。"随后他又问："蒂尔先生的油画？"

"他的起居室里挂着一幅画，画的就是这座瀑布和旁边那片空地。不过，那幅画里有好多可怕的阴影，很难形容是什么感觉，有机会我带你去看看。"

"不行，"麦克立刻说，"蒂尔先生从不让别人看他的画。我爸爸曾在我们原来住的城市里看到过一两幅，但我从来没见过。你还是说给我听听吧。"

雨水不断地从树叶间滴落下来，我努力描述着那幅画，以及它传达给我的那种既熟悉又陌生的感觉：画上的场景是我所熟悉的地方，但还有什么东西隐藏在光亮之后，一片昏暗的阴影……我无法准确地表达和形容出来，但麦克似乎并没有注意到这一点。

"我没想到他竟然会画这样一幅画。"麦克说。

"为什么？"我不解地问，"这里是我有生以来见过的最美丽的地方啊。"

麦克看着我，眼神十分严肃，他接下来说出的话则更加吓人："你不知道吗？这里就是他妻子丧命的地方啊。她就是在这下面的水潭里被找到的，大家都猜测她一定是从瀑布上掉下去的，但没人知道她是怎么爬到瀑布上方来的。她被救起之后，一直昏迷不醒，直到死去。"

第七章
失踪的婴儿

"什么？"我尖叫起来。

麦克的话在我的脑子里轰隆作响，就像狂风呼啸过天空。一切都是那么混乱，一切都在旋转摇晃，动荡不定，我什么也看不清楚。嘈杂的雨声和瀑布的巨响使我更加混乱不安，仿佛他刚才这几句话直接把暴风雨刮进了我的脑子里。我不由得抬起双手捂住耳朵，喊着："等一下，等一下。"

等我终于平静了一些之后，他才说："你竟然不知道这事？"

"我只知道蒂尔先生的妻子死了。我在墓园里看到过卡兰德家的墓碑，她是一八八四年去世的，就在她父亲去世几天之后，这些我知道。"我说着，泪水浮上了眼眶。

麦克用同情的眼光看着我，问道："你认识她吗？"

"我怎么可能会认识她？那时我还那么小。但我姨妈认识她，她们俩是好朋友。当年究竟发生了什么事？"

麦克摇摇头，答道："我不知道，没有人知道。这些事都是我同学告诉我的，我爸不准我谈论这种是非。你知道，我们在这里也是外地人。但你肯定也注意到了，村里人对蒂尔先生和卡兰德家人的态度很奇怪。"

"我没见过什么村里人，"我说，"我只是上次寄信的时候见过那家商店的老板威利先生，但也没跟他多交谈。至于巴沃太太和你，你们都很亲切啊。你不喜欢卡兰德先生，却喜欢蒂尔先生，这又是怎么一回事啊？"

麦克的神情严肃起来，说道："我把我了解到的情况都告诉你吧，这都是我爸爸说的。关于卡兰德家的事，村里人有不少的说法，多半都是闲言碎语——人总是爱说闲话的嘛。据说，就在老卡兰德先生搬来这里，盖了第二幢给伊诺克和他的妻小的房子后，他的女儿——"

"艾琳。"我插嘴道。

"对，艾琳，她认识了蒂尔先生。我想她大概是经常出来散步，偶然在附近碰到了蒂尔先生在画画，两人就这么认识了。几年后，他们结婚了。村里人都说，蒂尔先生是看中了艾琳家的财产才娶她的，可他并不像那种会贪图女方财产的人，是吧?"

"我不知道，我并不太了解他。"

"我想蒂尔先生肯定很爱艾琳，而艾琳也一定很爱他。要知道，那时候艾琳的年纪挺大了，都有三十好几了，我敢说，她一定不信任婚姻。"

"我康丝坦姨妈也没有结过婚啊，她说婚姻对男人很有利，但对像她这样的女人却很不利。艾琳也许跟她是同一个类型的女人，她们俩是好朋友。"

"婚后，蒂尔先生和艾琳以及老卡兰德先生一起，住在山上的大宅里。"麦克说，"我觉得最开始的时候，村里人还是比较喜欢大宅里的人的，虽然也认为他们是外地人。但他们搬来还没有多久，巴沃太太就入狱了，大家就……"

"是啊。"我应着。我明白，也能理解村里人对巴沃太太被起诉的事有多不满，他们肯定都认为巴沃太太是值得同情的，因为她偷窃的动机是好的。

"山上大宅里的一家人，其实都不赞成伊诺克先生那么做，老卡兰德先生还极力劝阻过他，甚至还请了律师替巴沃太太辩护。这些事大家后来也都知道，但作为本地人，他们总觉得卡兰德一家人会给村里带来麻烦。"

麦克想了一下，又接着说道："后来，艾琳和蒂尔先生生了一个孩子。不久之后，可怕的事情就发生了。但其实到现在，也没有人知道那天晚上究竟发生了什么事，只知道艾琳不知为什么跑出了大宅，很久都没有回去。宅子里的人便到处去找她。可天很黑，又没有人知道她到底往哪个方向去了……老卡兰德先生甚至要求伊诺克也帮忙去找，那时候两家人已经有好几年不来往了。当时正是秋天，夜晚又长又冷。等到第二天艾琳被找到的时候，她已经陷入了昏迷，一直到死都没能再醒过来。找到艾琳的当天，老卡兰德先生就因为心脏病发作死了。几天以后，艾琳也死了。"

这里面有太多令人不解的事了。我问道："艾琳为什么会摔下瀑布呢？这一切到底是怎么发生的？"

"没有人知道。"

"事发那天就像现在一样吗？下着雨，刮着大风？"

"不是。村里人甚至怀疑她不是意外。"

"人为？可谁会害她呢？"

"不用说，这事到现在还没有调查清楚。不过，我觉得蒂尔先生有嫌疑。"

"为什么？"

"他曾经是个逃兵，你不知道吗？再说他还是个艺术家。

他太与众不同了，大家都不信任他。如果他确实是因为贪图财产才娶了艾琳……"

"他是吗？"

"呃，我不知道，我怎么会知道？要不就是伊诺克·卡兰德干的，这种事他肯定做得出来。可是，他没有杀人动机啊，他本来就是财产继承人。"

"嗯，而且艾琳还像妈妈一样照顾了他那么多年，他是艾琳一手带大的呀。我听他的口气，好像很爱他姐姐。"

"那要不然，就是流浪汉干的了。那些人没有家，整天四处游荡，干了坏事也很容易脱逃。也许那天就是一个无赖想抢她的戒指或者胸针，导致她逃跑时摔了下去。"

"她可能是太靠近瀑布边缘了，才会不小心掉下去。"

"验尸官也是这么说的。"麦克说。

"那他们的孩子呢？"我问。

"呃，艾琳发生意外的时候，他们的孩子大概有半岁，长大现在也有十几岁了。不过也不好说。艾琳死后，他们家的保姆就辞职了，那些本地的仆人也都离开了，没有人肯为蒂尔先生工作。后来蒂尔先生又请了一个保姆来照顾孩子，是个外地人。听说那个保姆从来没有出过大宅一步，还有人说她是个驼背女人，穿着长斗篷，沉默寡言，目露凶光，说话有外国口音。还有人说她看起来像个巫婆，有时候晚上会出来，一边采药草，一边喃喃自语。反正什么传言都有。然后一天晚上，那个保姆和孩子突然就不见了，两个人都不见了。"

"什么？"我又叫了起来。这一切都太不可思议，太荒谬了。

"大家知道的情况就是这样。那天他们就这么失踪了，也没有人知道到底发生了什么事。是谋杀吗？看起来好像不太可能。或者是绑架？……"

"那蒂尔先生是什么反应？"

"他什么也没做。"麦克答道，眼神黯淡了下来，望向别处，"他什么都没有做，什么都没有说，就好像艾琳和孩子还有那个保姆，从来都没有存在过似的。如果有人跟他提起她们，他不是假装没听见，就是干脆扭头走开。"

"那卡兰德先生呢？那个孩子跟他也有血缘关系，他难道也一点都不关心吗？"

"你是说伊诺克·卡兰德？他也许会关心吧，但因为村里人都不和他家的人来往，所以也没人知道他是什么反应。"

"村里人排斥他们，是因为巴沃太太的事吗？"

麦克点点头。

"那这么说来，蒂尔先生有可能杀了三个人？"我慢慢地说。

"你是这么想的吗？"

"你仔细想想，这个解释好像挺合理的。"

"噢，我可不这么认为。"麦克答道，接着安慰我说，"你姨妈认识他很久了，不是吗？如果她认为他是危险的人，那她还会让你来这里吗？"

"当然不会！"我笑起来，觉得他说得很有道理，"你说得对，我姨妈应该很清楚，她当时一定知道艾琳过世的消息。"

"你好理智啊！好多女孩听了这种事都只会尖叫。"麦克夸我。

"干吗要尖叫？"我被夸得有点不好意思，"我想，这些事我还没有完全弄明白。我无法想象一个人为什么要这么做，你说呢？怎么会有人那么冷酷无情，为了得到某样东西，而不惜害另一个人？"

麦克摇摇头说："我们该回去了。"接着他又说："凶手也有可能是个女的，男人和女人都会做出可怕的事。"

"我知道。"我说。但我只在书里看到过这种故事，并不曾真的遇到过这种人，也不懂怎么分辨一个人是好人还是坏人。这一点，以前我还从没想过。以前我遇到的人总是对我很和善，至少很有礼貌，比如康丝坦姨妈以及学校里的女生们。即使是蒂尔先生，虽然他总是阴沉唐突，也至少会很有礼貌。

这时我才意识到，我对这个世界的认识并不深，经历也很有限。我对身边的人到底了解多少呢？就连对康丝坦姨妈也是一样，尽管我从来不曾认真地怀疑过她，但光是有这种念头就足以让我很不舒服了。我不禁打了个冷战。

"我们得走了，"麦克又催促道，"雨势变小了，明天下午就会放晴的。"

我却觉得，天空似乎再也不会放晴了。

第八章

睁开你的眼睛

那天晚上，吃完晚饭后我回到房间，坐在温暖的柴油灯火旁，又看了一遍康丝坦姨妈的信。信件从波士顿送到这里通常需要三天左右，因此她写这封信的时候，应该还没有收到我写的那封信，但已经收到蒂尔先生的信了。她在信里讲了剑桥的一些生活小事，提到了那些我们都认识的人、我的花园以及她最近看了哪些书等等。她还说蒂尔先生对我的工作表现好像很满意（他连提都没有跟我提过这件事），还问了我的工作进度。康丝坦姨妈的信就跟她的人一样，平静温和，又充满关爱。读着信，我的心灵得到了很多安慰，忍不住一连看了好几遍。我跟自己说，这是为了构思怎么给她回信，其实才不是这样呢，我只是在借读信来转移注意力，暂时忘掉麦克下午告诉我的那些事。结果我成功了。

我睡着了，可惜心思仍然回到了瀑布那里。在梦中，我从河谷边缘望去，看见有一个女人无助地倒在瀑布下面的水潭里，一动也不能动。突然，她抬起头来直勾勾地看着我！我吓得拔腿就跑，一路跌跌撞撞地跑回蒂尔先生的大宅。可是，有什么东西跟着我回来了：是一个人！那人裹着斗篷，高大而阴暗的身影在大宅里无声无息地走动着。接着他站在我的床边，掀开了我的被单。我哭了起来，默默地乞求他快点走开。那个女人还在水潭里呢，我知道，我让他赶紧回去救她。但他不说话，只朝我挥着手臂。我好无助，好害怕。我不认识他，却知道他认识水潭里的那个女人。斗篷的帽罩把他的脸藏在阴影里，让我看不分明。

我听从他的指示从床上爬了起来，跟着他走下楼梯。每走一步，我都在暗暗希望自己的脚能够缩回去，停下来，违抗他的命令，但事实却是，我依然在跟着他往前走。

他打开图书室的门，挥手要我先进去，他紧跟着走进来关上了门。在惨淡的月光的映照下，图书室里的每一只箱子都像棺木般盖着黑布。我很想逃走，可两只脚却动弹不了。那个披着斗篷的男人掀开了其中一只箱子上的黑布，那箱子四周的地毯全都湿透了。我明白那个女人已经不在水潭里了，已经不在那里了。男人按住我的后脑勺，把我使劲推到箱子面前。

我几乎能听见自己狂乱的心跳声。那个箱子里有一个大一些的身影，怀里还抱着一个小小的身影。男人提着一盏灯，想让我看得更清楚一些。他把灯凑上前来时，黄色的灯晕跟着移了过来。我强迫自己缓缓地缓缓地把视线往下移，随着越来越亮的灯光往箱子里看去，但又不敢看得太清楚。他抬起一只手把我的头往前推，另一只手则按着我的肩。发现我紧闭上了双眼，他便命令道："睁开你的眼睛，睁开你的眼睛，睁开你的眼睛！"

那冷冷的声音让人无法违抗，我的意志开始动摇了，身体也跟着摇晃。接着，我睁开了双眼。

在一盏小灯摇曳不定的灯光下，我看见的是蒂尔先生的脸。他的手正按在我的肩上，脸就倾在我的脸上方！我躺在那里，放声尖叫起来。

我从来都没有这样尖叫过，那凄厉的声音把我自己也吓坏了。他八成也被吓了一大跳，因为他猛地往后一退，脸庞立即陷入了黑暗中。

"你醒了吗？"他问我。

我没有回答，而是做了另一件几乎从不曾做过的事——放声大哭。

"你到底怎么了？"他不耐烦地问道。

我没有办法告诉他，只能不停地呜咽着。

"你能不能别哭了？哭是没有用的。"他说。

门口亮起了灯光，巴沃太太拿着一盏灯走了进来，她惊恐地问道："怎么了？发生什么事了？"

"我做了一个梦，梦见——"我说不下去了。梦境中的黑暗仍萦绕不去，就在他们身后，在等待着我。巴沃太太坐到床沿上看着我，再看看床对面的蒂尔先生，他也坐在另一边床沿上等候着。

"对不起，"我终于又开口接下去说，"我做了一个噩梦。"

"噢，我想也是。"巴沃太太说。

我注意到他们俩都穿着睡衣睡袍，巴沃太太的头发编成了一条辫子。听我说做了噩梦，她并不是很意外，但蒂尔先生却是一脸惊愕的表情。巴沃太太又说："先生，能不能麻烦您去生火炉？我们给她喝杯热牛奶吧，这是我妈传下来的小偏方，专治孩子做噩梦的。我妈的孩子可多着呢。"

"好的。"蒂尔先生说着，如释重负地走出了房间。

"你现在可以下床吗？"巴沃太太问。我点点头，穿上睡袍，跟着她走下楼梯。

灯火明亮的厨房让人感觉既熟悉又亲切。巴沃太太快手快脚地热好了牛奶，给我们每人倒了一杯。看见蒂尔先生嫌恶地瞪着他的牛奶，我心中一乐，梦境中的阴影也随之一扫而光。

"对不起，"我道着歉，"我把你们吵醒了。我也不知道自己怎么搞的——"但其实我知道。

"告诉我们，你梦到什么了？"巴沃太太说着，瞄了蒂尔先生一眼，似乎在观察他的反应。

"我说不出来。"我答道。

"她刚才大声地尖叫，还哭了。"蒂尔先生告诉她。

"一定是想她的姨妈了。"巴沃太太说着，点了点头。

"我看不是。"蒂尔先生断然否定了，接着问我，"你经常做噩梦吗？你不像是这种人。"

"很小的时候会做，长大一些之后就不会了。还有，我一般是不会尖叫的。"我补了一句，想起刚才的情形，又忍不住笑着说，"对不起，我刚才冲你尖叫了。"

"没关系，我不会放在心上的。"他嘴上虽然这么说，但我看得出来，他那双深沉的眼睛还记得刚才那幅情景。

"你叫得可真够大声的。"巴沃太太语气轻快地说道，又瞄了蒂尔先生一眼，"还好我们跟村里人住得远，不然全村的人都要跑过来了。我一听见那声尖叫，整个人便像抛煎饼似的从床上弹了起来，真吓了一大跳呢。"说话时她一直在看着蒂尔先生，仿佛要征得他的同意才能再往下说。见他没有反对，她又说了一遍："你的尖叫声可真响亮，琼，既大声又中气十足。"

她用的词很朴实，说得又很真切，让我忍不住笑了起来。渐渐地，厨房里那种熟悉的感觉渗进了我的内心深处。我这么说好像有点奇怪，但我真有这种感觉。这里的温暖和亲切，还有陪我一起喝着冒泡的热牛奶的人，连带着那种家常生活才有的特质，把我脑海里关于噩梦的恐怖记忆全都赶走了。

巴沃太太看起来半睡半醒，却依然喋喋不休。我开始明白让她害怕的人是谁了，知道是谁让她说话如此小心，考虑再三。我也开始能理解她那平板的脸孔后所隐藏的真性情了。于是我不理会蒂尔先生的反应，专注地听她讲话。

"我可了解做梦了。"她说，"坐牢之前我也做过噩梦，可是到了牢里，你知道我梦见的都是什么吗？全都是快乐的事！我梦见马波罗村和我的家人，梦见小时候过生日。还有一次，我甚至梦见了查理，我的查理，他来救我出去……我真不想从那个梦里醒过来。"

"我现在已经不做梦了。"蒂尔先生插话进来，"以前会做，但现在我画画了，画画和做梦其实差不多。"他说这话时一直紧盯着我的脸。他在怀疑我什么吗？我不禁有点纳闷，他为什么要紧盯着我不放？

"白天你脑子里想着的事，夜晚会悄悄地跑进你的梦里，梦就是这么来的。"巴沃太太又说，"我不知道用什么话来形容更贴切，但总之就是这个意思。"

我赞同她这种解释，但并没有说出口，只是说："现在一定是后半夜了。"

"差不多，"蒂尔先生答道，"外面的风雨都停了。你还赤着脚呢，如果让你姨妈看到你现在这副模样，我一定会被她臭骂一顿。"

"你不是也赤着脚吗？"我说着低头往桌下一瞄，他果然也赤着双脚。

"我是大人，"他对我说，"我随时可以着凉感冒，只要我愿意。你现在可以去睡了吗？"

"应该可以。"我答道，紧接着又想起来要有礼貌，便赶紧对他说，"谢谢你刚才叫醒我。"

他耸耸肩，似乎在说不客气。我回到房间，关了灯，静静地躺在黑暗里。蒂尔先生和巴沃太太还在楼下。回想之前发生的事，我不停地在想：那会儿我是在大声地叫谁呢？如果不是叫康丝坦姨妈，那又会是谁？我还来不及想到答案，就沉沉睡去了。

第二天早晨开始工作前，我好好地想了想。我站在图书室的窗户前，望着窗外的河流和郁郁葱葱的树木。阳光耀眼，整个世界鲜艳而亮丽，树叶反射着绿油油的光泽，眼前一派生机勃勃的景象。

然而我内心里的世界却并不那么让人开心。那里是一片阴暗和混沌，交织着模模糊糊的意识和恐惧。我谨记康丝坦姨妈的教诲，让目光停留在外面美好的世界里，仔细而审慎地思考着。

首先，我要想想自己的感受。昨晚弄出那么大的动静，我感到很难为情。虽然蒂尔先生和巴沃太太对我都很体贴照顾，我也很感激他们，但还是觉得难为情。另外，我也很清楚，巴沃太太所说的白天想的事夜晚跑进梦里是什么意思。

那些人离奇的死亡和失踪，那许多神秘难解的往事……即使是发生在十年前，还是会让我感到内心慌乱，惊恐万分。

别忘了，我从小到大都是在康丝坦姨妈的监护之下，过着安全、稳定而且有规律的生活。

在剑桥，我会很清楚每天的每个时刻会出现什么样的情况，康丝坦姨妈也一直会在我身边，用耐心和关爱引导我。而现在，我无意之中来到了这所宅子，这里曾发生过那样离奇可怕的事，更糟的是，那些事可能就是和我一起生活着的某个人干的。那感觉就好像一个人本来睡在自己的卧室里，醒来后却发现床正漂浮在无边无际的大海上，四周还有鲨鱼在窥伺，一切都变得不再安稳可靠了。

世界已经改变，我脚下的土地不再踏实，我对别人甚至一无所知，也无从得知。我感到非常恐惧。

除非你也曾感受过恐惧，否则你根本无法想象那是什么样的感觉。一旦你感到了真正的恐惧，你就会明白，原来与之相比，以前所有的紧张都不过是一片浅淡的阴影。这天早上，恐惧潜伏在我的心底，就像一只面容狰狞的猴子，正伸出强壮的四肢紧紧地揪住我的心，用它全身的重量往下拽着。它那张毛茸茸的脸还在邪恶地对我笑着，两只漆黑狡猾的眼睛紧盯着我。我强迫自己去正视它，我知道我必须面对。

我仔细地思考着：我可以信任还没有被牵扯进那些事件的人吗？比如康丝坦姨妈，也许还有麦克。可是，那些目前和我共同生活的人呢？我能信任蒂尔先生吗？巴沃太太呢？还有住在山坡下的卡兰德一家呢？这些人全都或多或少地与当年的事件有关。

康丝坦姨妈之所以会同意我来这里，会不会是被蒂尔先生对学校的慷慨捐献蒙骗了？更何况，她一年只能跟他见一两次面，他只要假装对她的教育理念感兴趣，便可以轻易地瞒过她。这不是很讽刺吗？

但这一切究竟和我有什么关系呢？我为什么会有这样连自己都难以理解的恐惧感？

昨天晚上，蒂尔先生为什么会跑到我的房里来？真是因为听见了我的叫喊声吗？他究竟听见了什么，以至于会赤着脚急匆匆地跑出自己的房间?

我知道以上这些都还不是审慎的思考,于是我又把所有的事情重新想了一遍,并提醒自己这些全都是十年前的旧事了,和我没有半点关系:先是乔赛亚·卡兰德死了,紧接着蒂尔先生的妻子艾琳·卡兰德去世,然后是孩子和保姆失踪了……这几件事发生的时间如此接近,或许彼此之间有所关联。这样分析起来好像有点道理,那么,什么才是这些事情的关键呢?

还有一点很重要:老卡兰德先生是在女儿被找回家后,才心脏病发作的,女儿失踪的时候他并没有发病(当时那一整夜,卡兰德全家都在寻找艾琳,包括蒂尔先生),因此,老卡兰德先生一定多少知道一点女儿的去向。

我就像解答几何题一样,把这些事情分析整理了一遍,心情因此放松了不少。答案应该能在十年前,或者更早以前被找到。

这时,我猛地想到了一件也许早就该想到的事,那些线索,甚至是答案,说不定就藏在——从阁楼里搬下来的那一箱箱文件里!我努力抑制住想要胡乱发挥的想象力,仔细而冷静地思考起来:卡兰德一家虽然富有,但也还是些平凡的人,同样也会有常见的问题和争吵,有时目的明确,有时也混乱迷惑。而不管怎样,平凡人以那样的方式死亡或者失踪,都是极不平常的。多年前一定发生了什么事，使后来的一切都改变了，也使得这些平凡人的事件变得神秘莫测。

有可能就是这样的。可我是个局外人，根本无从了解过去都发生了什么事，麦克知道的也很有限，他已经全都告诉我了。至于村里的人，也不会比麦克知道得更多了。

所以，事情的真相也许只有卡兰德家的人和蒂尔先生才清楚。也许正因为这样，巴沃太太说话时才小心翼翼，不敢透露半点口风。不过，我眼前还有七大箱未整理的文件，真相或许就隐藏在其中。如果真是这样，那答案很可能就在最后那个半满的箱子里。

有了心理准备和目标，再仔细地处理这些文件时，我也许就会注意到某些东西，某些我之前以一般的流程经手时会忽略的东西。按照我给自己规划的工作流程，目前我处理的还主要是一些琐碎的文件，只需要仔细地看一下并分好类就可以了。但现在我有所预期了，就可以不用那么仔细，加快速度浏览这些年来的点点滴滴了。

我回过神来，继续整理桌面上的文件，对自己的工作成果感到很满意。忽然，我想起了教堂墓园里的那两块墓碑，这会儿才觉得艾琳墓碑上的碑文好像有点奇怪："丹尼尔·蒂尔挚爱的妻子"，接着是"至爱的母亲"。

我不知道是谁订制了这两块墓碑，还写下了这段奇怪且不完整的碑文。而与之相关的信息，很可能也隐藏在这批文件中。

那天吃午饭的时候，蒂尔先生问我想不想陪他到村子里去，我说不想。现在我知道自己要寻找什么了，很想快点回到图书室里继续工作。我有些迫不及待，总觉得不久后就会发现什么重要的信息。可是，我下午又想再去一下瀑布那边，再去看看那个地方，好彻底消除噩梦留下的阴影。

"你没有信要寄吗？"他以严苛的语气问道。我想起了前一天晚上睡觉前写的一封短信。他说可以帮我寄，还加了一句："你姨妈会很挂念你的。"

"我吃完饭就去把信封上的地址写好，麻烦你帮我寄一下。"我连忙回答。

"巴沃太太和我都很重视我们对你所负的责任。"他一本正经地说。

"我倒没想到会是这样。"我以刻板的声调回答，"康丝坦姨妈很重视责任感，她要求学生对她负责，她也会对学生负责。"

"或许，这就是她的学校办得如此成功的原因之一吧。"蒂尔先生指出。

"学校很成功吗？"我问。我还从来没有听到过学校以外的人对学校有什么看法，除了那些学生和家长们常有的怨言和感谢之外。但我注意到了，所有的人都很敬重康丝坦姨妈。

"你不知道？我还以为你知道呢。贵校声名卓著，是波士顿地区公认的优秀女子学校，实至名归。此外，贵校还享有培养女性公民的盛名，因为贵校的课程并不局限于精致的生活艺术和家政等等。对于那些讲求男女平等、同样也重视对女儿的教育的家庭，把女儿送到温赖特学院上学是一个很好的选择。"

"真的吗？"如果他说这些话是想刻意讨好我，那么他成功了。

"真的，你姨妈是位了不起的女人。"

"这个我知道。"我响应道，"我只是以前不知道我们学校原来这么有名，现在我更加以她为荣了。"

他似乎很喜欢聊这个话题，接着说："我最开始认识她的时候，你们学校才刚成立不久。她工作非常努力，很有成绩。"

"哦，那还是我去投靠她之前的事呢。"我审慎地说。我很好奇他到底是什么时候认识康丝坦姨妈的，而姨妈对他的了解又有多深。

"嗯，是的，我记得。"他说这话时，双眼流露出了愉悦的神采，似乎他以前是一个跟现在截然不同的人，"你姨妈是我妻子相交多年的好友。"我听了点点头，他又往下说："你姨妈是个架势十足的女人，我第一次见到她时还很怕她呢。"

我惊讶极了，差点儿忘了着急整理文件的事，不假思索地与他对起话来："你会怕她？"

"艾琳欣赏她，崇拜她，所以我也很希望得到她的肯定与认同。当时我还很年轻。"他见我一脸不相信的表情，笑着又说："那时你姨妈是个强势的女人，很有见地，口若悬河，令我非常佩服。"但他随即又加上一句："只是一开始很怕，后来就不怕了。她似乎喜欢我——就像你说的，并不是每个人都会喜欢我。我相信她以后一定会更成功。"

"是啊，她总是能给人信心。"我表示赞同。

"此外，她还给我介绍了波士顿的一位艺术经纪人，由他帮我处理画作买卖的事。我很感谢你姨妈。"

"我会更常写信给她的。"我说。

"你很像她。"蒂尔先生说了这么一句。不等我回应，他便离开了餐桌，好像说我一句好话让他感觉很难受似的。一等他离开餐厅，我心里又犯起疑来：他干吗要不嫌麻烦地讨好我？除非……因为他多年来经手那些文件，所以知道不少内情，只是没有跟康丝坦姨妈透露那么多而已？那现在他是在想，如果他对我一直不友善，我可能会一走了之，那整理文件的工作就无法完成了吗？可是，他为什么要在乎这件事呢？莫非，他有意让我知道那些木箱里藏着他所了解的秘密？我仔细地、慢慢地思考着。又或者，他想看看我能不能发现文件里所隐藏的真相？要不然，就是想测试一下他掩藏的效果如何……

午饭后我又工作了一个小时，但没有发现任何感兴趣的东西。过了一会儿，我听见了蒂尔先生离开大宅的声音，稍后我也换上新衣服出了门，赤着脚朝瀑布的方向走去。我拿着一本书，让自己看起来像要去那里读书似的。走到瀑布旁边，我把书放在树下，静静地站立着，倾听四周发出的声音，体会内心的感受，梦中对这里的恐惧已经消失了。由于前不久的那场大雨，小河里的水量依然丰沛，河水快速地奔流着。我想起之前与麦克来这里时的情形，小心翼翼地走到河谷边缘，趴下来注视着下方的水潭。

她以前就躺在那个水潭里，孤独无助。我揣测着，如果她是从河谷边缘滚落下去的，那应该会被旁边的树丛或者石头挡住才对。再说，河谷的两侧虽然倾斜，却也并不是陡直的，若从上面摔下来，应该也不会直接滚进水潭啊。

不过，如果她是从瀑布顶端跌落，而且是被人从那边陡峭的岩石上抬起来之后扔下去的，那她就很有可能会立即摔断骨头，甚至撞到石头而昏过去。

此刻，要是有一个强壮有力的人站在我后面，将我举起来凌空扔下去，我一定也会身受重伤，无力从水潭里逃脱。

我正想到这里，冷不防真的被一双强有力的手从后面按

住了肩膀。我惊叫起来，紧抓住地面，把脸埋进了草丛里。

"琼，是我！"是麦克的声音。

我立刻坐了起来，顶了他一句："是我，不是别人！"

麦克好笑地说："我不是故意吓你的。"

"你刚才躲在哪里？过来的时候为什么不叫我一声？"

"我以为你看见我了，我一直都在这里呀。"

那就更糟了。

"你刚才一眼就看到我了呀。"他看见我的表情，立刻抗议起来。我不得不相信他，因为他的眼神十分真诚。

"我并没有看见你。"我实话实说。

他笑了起来，说道："你一直静静地趴在这里干吗？害得我都担心起来了。"

"她一定是走到瀑布顶上去了，要不就是被人扔进水潭的。"我慢慢地说。

"我也这么想，除非——"他欲言又止。

"除非什么？"我追问道。

"我不知道该不该把那些事全都告诉你。"他说，"昨天晚上我告诉我爸了，说我们来过这里，还说我把蒂尔先生以及保姆的那些事全都告诉你了，他听了很生气。"他接着跟我道歉："你知道，我答应过他不说这些是非的，所以我得告诉他我跟你说过了。可是，这也不算议论是非吧？"

"那他怎么说？"

"他说我的判断力很差，还说你的年纪太小——"

"我又没比你小多少。"我有些不服气。

"又是个女孩——"

"那有什么差别？"

"他还说了一大通……后来他问我觉得你对蒂尔先生有什么看法。"

我无法回答这个问题。

"我爸真的很生气，但他说的也很有道理。"麦克说。

"不过已经太迟了，不是吗？"我回嘴，"你都已经告诉我那么多了，干脆全说出来算了！"

"我不知道该不该说。"麦克犹豫地扯着地上的草。

"恐惧源于无知。"我引用康丝坦姨妈的话说，"你不用再担心会吓到我，反正我都已经被你吓过了。"

"我爸也这么说。"

"现在我们唯一能做的，就是想办法查清楚当年到底发生了什么事。"我试图说服他。

"是吗？"他先是有些疑惑，随即又一脸热切地问，"你觉得我们真的能查明真相？"

"那你得先把全部的事情都告诉我，不管你是怎么想的，都不要隐瞒我。"

“我在想，她会不会是在别的地方受了伤，再被人搬到这里来的。也许那个人以为她已经死了……”

“那么，那个人一定很强壮。”我推测道。

“即使是有人在这里把她丢下去的，那人也得很强壮才行。不然，事情就说不通啊，是吧？这片河岸虽然很陡，但也并没有陡到让人不小心摔下去就无法自救。”

我同意他的说法。

“我想不通的是动机。”我说，“我的意思是，凶手为什么要这么做？她死了对他有什么好处？”

“也有可能就是一场意外，陪审团就判定是意外。”麦克告诉我。

“可是，村民们不这么想吧？你也不这么想，康丝坦姨妈更加不会认为这是意外。好像总有什么地方不对劲。”

“她家里很有钱，”麦克又推论道，“说不定是有人贪图她的财产？”

“可那是她老爸的财产，当时她老爸还活着呢。”我指出。

“其实她的死还不算特别离奇，最离奇的是那个保姆和孩子的失踪，简直太诡异了。所以我才觉得这些事一定有哪里不对劲。”麦克分析道。

“而且很危险。”

“我觉得是邪恶。”

听到这个词，我一时间害怕得差点哭出来，不由得怯怯地说："我对邪恶一点都不了解。"那种在噩梦中侵袭过我的无助感此刻又浮现了。

"我接触过的最邪恶的事，也不过就是有些男生宁可考试作弊也不肯读书，还有一个男生老喜欢欺负小孩子，爱把小孩子弄哭，为的是让他们害怕。"麦克说。

"可那就是邪恶吗？就跟这件事一样吗？"我问。

麦克摇摇头，仿佛自己也搞不清楚，还反问我："那我们要怎么去查明真相呢？"

终于又回到实际的问题上来了，我很欣慰能有个人说说真心话，于是坦白地告诉他："我正在翻阅那些文件，寻找关键的线索，可是我也不知道那些线索到底会是什么。那个失踪的孩子如果现在还活着，年纪应该跟我们差不多大了。"

他点了点头。我猜我们俩都在想象死是一种什么样的感觉，在伤感那个孩子也许还没有活到我们这个年纪。

麦克忽然腾地站了起来，似乎是无法再继续想下去了。他伸出手想拉我起来，一边问道："你想见见我的家人吗？"我自己站了起来，他接着说："我想请你和蒂尔先生来我家吃晚饭。我家其他的孩子都是年纪比你小的女孩。"

"我得先问一下蒂尔先生的意思。"我答道。

"好的。我带拉丁语课本来了。"他说着。我们便坐在树下，伴着瀑布哗啦啦的水声复习拉丁语。在想了那么多阴沉难解的事情后，研究这门精确的语言反倒变得很有意思。

我们回到大宅时，蒂尔先生已经回来了，正在图书室里等着。"你收到了一封邀请函。"他说着递给我一个信封。我注意到信封已经被拆开了，不过我也瞄见了收信人的确是他。

"你也一样。"我回了一句，他听了有些吃惊。我让麦克向他提出邀请，自己看着那封信。给我的邀请函写是非常正式，请我星期天赏光到卡兰德家与他们共进午餐。看起来是一位女士写的，字体圆润流畅，是大写的花体字。应该就是卡兰德太太写的吧，她的口气出奇的客气，先是抱歉地表示邀请我去的原因是她的孩子们没有同伴，还说卡兰德先生很喜欢我的聪慧和教养，最后希望蒂尔先生能答应让我星期天下午去陪伴他们的孩子。

看完邀请函后，我抬眼看着蒂尔先生。他也正看着我，我们俩就这样沉默了大约一分钟。

"你或许想去认识一下小麦克的家人。"他说话时紧盯着我，但我可不想被他唬住。

接着他又说了一句："也许我现在该多出去走动走动了。"

麦克突然发出了一声怪叫，又连忙假装咳嗽。但我想他其实是在笑。麦克说道："家母一定会非常高兴的，她会跟您约好时间。"我还从来没听他这么正经八百地说过话。

"你有什么看法？"蒂尔先生送麦克走到大门口时问他，"她来这里还不到三个星期，结果这幢大宅收到的邀请竟比过去十年来还要多，差别还真大呀。"

然而，蒂尔先生走回屋时却神色不悦地问我："你想去吗？"

我知道他指的不是去麦克家的事，但仍然答道："想去。"我这么说还算很含蓄了，其实我已经决心要去了。最后我加了一句："除非你不让我去。"

"我没有那个权力。"他说。

"可我在这里是由你负责管教的。"我提醒他如果真的不想让我去，我也会听从他的意见。但是，我真的很想见见卡兰德先生的家人，想见见我来这里的第一天就窥见过的那几个在草坪上玩耍的优雅身影，想再次见到直率的卡兰德先生。

"那我就代你接受这份邀请了，因为邀请函是写给我的。这么一来，至少巴沃太太可以回娘家，和家人们一起过个星期天了。"

他这是在绕着弯提醒我，想让我改变主意。但我假装没听懂，直接走进了厨房。巴沃太太正站在厨房的炉子边，搅拌着一锅土豆泥，热得红扑扑的脸颊上粘着一绺汗湿的头发。烤箱里烤着一条吐司，厨房的门敞着，好让热气快点散出去，降降温。

"蒂尔先生让我告诉你，星期天你可以回家去陪家人了。"

"好哇。"她撩起围裙擦擦脸，又问："那你呢？"

"卡兰德先生邀请我去他家吃午饭。"

"哦。"她哦了一声又立刻紧闭上嘴，好一会儿才说，"我都不知道你见过他们了。"

"那天我去村子里，碰见了卡兰德先生。"我告诉她。

"那你有合适的衣服穿吗？"她这么问着，我猜不透她心里到底在想什么。接着她又说："山下那边，凡事都比较讲究，你需要一件像样的衣服去做客。"

她似乎真是比较发愁我应该穿什么，反倒不太担心我要去卡兰德家。

"我来这里之前，姨妈送了我一件很漂亮的衣服。"我说。巴沃太太坚持要看看。看到那件衣服时，她马上就表示它非常合适，虽然我觉得她根本就没有仔细看。

我也希望这件衣服真的很合适，希望在卡兰德家能表现得很好。

第九章

奇怪的家人

　　我细心穿戴好，准备去赴卡兰德家的邀请。我想努力展现自己最好的一面，或许是因为我初次窥见他们时，感觉他们是那么优雅。我知道自己永远也不可能成为一名优雅的淑女，但我总是细心地让外表看起来整齐清爽。下楼之前，我对着镜子再检查了一遍衣着。今天我在深棕色的发辫上系了粉红色的丝带，镜子里的我是一副兴奋的神情。我心想，这简直都不像我自己了，如果我是别人，一定也会想认识眼前这个充满活力与朝气的女孩。

　　蒂尔先生和巴沃太太正站在楼梯下面等着我。巴沃太太一看见我就说："你看起来真不错。"那口气好像她不得不说点什么似的。蒂尔先生不耐烦地站在那里，一言不发。他坚持要驾马车送我过去。这次我虽然就坐在他的身旁，但我们并没有说话。我猜他一定是在生气，气我不但想去卡兰德家，而且还这么兴冲冲的。我也不想跟他说话。凭什么我就该像他一样对卡兰德家心怀不满啊？

靠近卡兰德大宅时，我看到一个女人出现在门廊处迎接。她一定早就在屋里注意到我们的动静了。蒂尔先生停下了马车，但仍稳稳地坐在驾驶座上。

"早安，蒂尔先生。"女人的声音很轻柔，我都快听不清她在说什么了。

"卡兰德太太。"蒂尔先生点点头回应，说话时眼睛并没有看着她。

卡兰德太太一边伸手扶我下车，一边说道："你就是琼·温赖特吧？你好，我们都很高兴你能来。卡兰德先生正好在屋里有点事，他马上就出来。"接着她又对蒂尔先生说："卡兰德先生要我跟您说，我们会送温赖特小姐回家的。"

蒂尔先生依然正眼也不瞧她，点个头就驾着马车走了。

卡兰德太太年轻时一定很漂亮，她身材修长纤细，一头金色的卷发衬着一张鹅蛋脸，五官的轮廓十分秀气，笑起来一定很好看，适合谈笑风生。然而她此刻却好像没有睡醒似的，说话做事都有气无力、愁眉苦脸的，一双蓝眼珠淡得像褪了色，仿佛总是被咸咸的泪水不断地冲洗。她的表情还紧绷着，双手在不由自主地颤抖。我和她尴尬地站在门廊上，目送马车渐渐驶远。我都开始怀疑这家人是否真心欢迎我来了，于是我打破沉默，客气地说道："希望我这次来，没给你们添麻烦。"卡兰德太太好一会儿都没有说话，等她终于吸了一口气，打算回答的时候，她的丈夫卡兰德先生忽然就跨出了大门。

"刚好相反，你能来是我们的荣幸。"卡兰德先生说着，走到了门廊的阴影里。这时马车恰好消失在视线外，看起来他就像是在故意避开蒂尔先生。他似乎看穿了我的心思，笑着说："请原谅我刚才躲在了屋里。你的老板在很久以前跟我吵过一架，那之后我们都尽量减少碰面，或者说，根本就避而不见了。一家人会变成这样，很奇怪，是吧？对不对啊，亲爱的？"他说着便伸手搂住妻子的肩膀，对着我微笑，卡兰德太太则以略带傻气的崇拜的眼神凝视着他。我觉得她的表情和动作都带着些许胆怯。

"他的妻子就是我姐姐。"卡兰德先生再次强调了这一点。

"我知道。"

"那我想，你大概也听说过那次争吵了？"他打量着我，脸上有少见的沉静和严肃。他盯着我的眼睛说道："我跟你说，温赖特小姐，一个人要是做了正确的事，却还要受到严苛的批判，这是一种很痛苦的遭遇。但人活在世上，就必须有所选择，必须坚守原则，不能太在意别人的闲言碎语。反正人们总喜欢说闲话，不是吗？"他的眼睛里闪烁着幽默的光芒，刚才板着的脸瞬间又活泼了起来。

我有点同情他，觉得像他这样潇洒不羁、幽默风趣的绅士，不应该有什么精神上的困扰。

"你能来我很高兴。"他说着，深蓝色的眼睛闪烁出内心的兴奋，"我们有好多事可做，有好多话可说呢。首先，你要见见孩子们。跟我来，大家都在客厅等着你呢。我们家就要有一次飞跃了。走吧，佩西拉？"他一手伸向妻子，一手伸向我，牵着我们俩走进大宅。

客厅的窗户正对着大宅前面的草坪，厅里摆着一些细腿桌椅，还有一张大大的黑色马鬃毛沙发。雕花的木质壁炉架上方，挂着一幅油画，画的是一个小女孩和一个小男孩。桌子上都铺着蕾丝桌布，两个装着玻璃门的餐具柜里摆满了瓷器，有餐盘，有喝咖啡用的小杯碟，还有花瓶、牧羊女和小狗的雕像等等，全都擦得亮晶晶的。一架小型立式钢琴摆在客厅的一角，钢琴上放着一沓乐谱。

卡兰德家的三个孩子在壁炉前排队站好。与父母一样，他们也是一身白衣，两个男孩穿着麻质的白衬衫，那个女孩则穿着白色的连衣裙。大一些的那个男孩长得很像他父亲，但轮廓要柔和一些，仿佛眼睛和头发的颜色都在遗传的过程中褪了色。另外两个孩子则长得更像母亲，但头发的颜色比较深，不是金黄的，而是棕色的。女孩和她的母亲一样留着长长的卷发，双手交叠着垂放在身前。

"我女儿维多利亚。"卡兰德先生为我介绍。那女孩先是面无表情地盯着我，然后嘴角微微上扬，礼貌地微笑了一下。

"你好。"我问候着，想着是否该伸出手去和她握一下，或者对她行个屈膝礼，因为她看起来比我大个两三岁。

她微微偏着头，回了一句："幸会。"但她那僵硬的表情和语气显得这话有些言不由衷。

"这是约瑟夫。"卡兰德先生接着介绍他的大儿子。这个年轻人倚着壁炉架打量着我。卡兰德先生又说："如果今年的考试他能考好，明年就能进哈佛或者耶鲁念书了；但如果考不好……"

"还可以去军队当兵嘛。"约瑟夫懒洋洋地接着话头，"要不然就去哪艘远洋商船上待着。说不定，我会更喜欢这两个地方呢。说不好的。"他说话时朝我漫不经心地笑了笑，装作没看见他的父亲不以为然地皱起了眉头。他看起来并不像一个活泼好动的人，但我很清楚，人不可以貌相。

"你好。"我说。

"你会让温赖特小姐失望的，"卡兰德先生教训着儿子，"她一心一意要去上大学。"

"人各有志。"约瑟夫秀了一句法语。

"这是本杰明。"本杰明听自己被提到了，立刻走上前来，笨拙地跟我握了握手，然后退回原位，看着他的父亲。

这一刻还真别扭。

接着卡兰德先生一声令下，我们几个便在客厅里围坐了下来。卡兰德先生逐个看了我们一遍，打趣地说："初次见面，还真可怕，是吧？"但他的表情好像挺开心的。

"父亲常跟我们提起你。"约瑟夫对我说。

"我们听说你很优秀。"维多利亚加了一句。她的背脊挺直，坐姿端庄，像淑女一样优雅，盖在腿上的裙子十分平整。但她说话时眼睛在看着她的哥哥，并没有看我。

"我先生跟我说，你原来住在波士顿。"卡兰德太太也加入谈话中来，声音十分轻柔，不仔细听几乎听不见。

"是的。"我答道。

"那你不觉得马波罗村很无聊吗？"维多利亚问道。我张嘴正要回答，她却又自顾自地接着说下去了："我就觉得很无聊。如果我住在波士顿，才不会想来这里过暑假呢。可惜，我这人并不优秀。"

"她是被请来这里工作的。"本杰明说着，两脚搭在椅子的横档上，身子不停地摇动着，"她在整理我们家的文件，想翻出所有那些尘封在阁楼里的秘密。"这三姐弟之中，只有他说话时会用眼睛看着我，但却是斜着眼瞄的，眼神不太友善。听他说出这话，我才明白为什么卡兰德家的孩子会对我心存敌意，之前我还是一头雾水。

"我并没有发现什么秘密，"我让他们放心，"只是看到了一些晚餐菜单、亚麻布清单什么的，再就是几张接受或者拒绝邀请的信函。不过，我倒是看见了你们的爷爷和他爸爸之间的通信。"

"一个小女孩来做这样的工作不是很奇怪吗，爸爸？"维多利亚问。

"我不介意做任何工作。"本杰明说。

"可这种事毕竟和缝衣服或者画水彩画很不同。"约瑟夫也附和着维多利亚的看法。

卡兰德先生不做声，一副置身事外的模样。于是我回答本杰明："我同意你的说法，我是来这里工作的。其实我打从记事起，差不多一直都在工作。我跟我姨妈住，她办了一所学校，总有一些工作我能帮得上忙。"

"我不是这个意思。"本杰明不耐烦地说。

"本杰明。"卡兰德先生的语气里带着警告的意味。

"呃，本来就不是嘛。"

"那你是什么意思呢？"我问他。他那蛮横的态度让我想起学校里的小女生，有些女生经常会故意找碴儿、吵架，以便引起别人的注意。

"没什么意思。"他回我一句。

"本杰明总是以为自己是我们的曾祖父再世。"约瑟夫还是那种漫不经心的口吻。

"我至少比你要像他。"本杰明立刻顶了回去,"我希望自己像曾祖父又没有什么不对。"

"你为什么会希望自己像他呢?"我好奇地问道。我并不喜欢老伊诺克·卡兰德在信里的语气,他有什么值得敬佩的地方吗?至少我没有看出来。

"他总是有办法达到目的,得到他想要的东西。"本杰明告诉我,"谁也无法阻挠他。"

"那你想得到什么呢?"我忍不住问他。他的口气如此强烈而急切,让我不禁好奇到底是什么力量在驱使他。

"钱啊!"他不假思索地回答,"钱,越多越好。"

"这个谁不知道啊,你这个笨蛋!"维多利亚骂了他一句。

"问题是,要怎么才能赚到钱。"约瑟夫说,"曾祖父最拿手的就是赚钱,他跟你一样大的时候,已经是有为青年了。"

"这我也没办法。"本杰明辩解道,"但至少,我不会干坐在那里,等着靠娶个富家女来发大财。"

约瑟夫毫不在意地笑了起来,反倒把本杰明气得更加火大。卡兰德先生瞅了我一眼,对我笑了笑,好像这场对话与他和我都没有关系。

"我们每天除了做做白日梦，也没什么别的事可做了。"他向我解释，"维多利亚还说她想嫁给王子呢，只不过还没有决定是嫁意大利王子还是法国王子罢了。"

维多利亚红着脸，下巴一抬，气愤地说："哼，我不能嫁王子吗？我又不老！我会嫁的，只要能离开这里。"

"要是我有一艘船就好了，"换本杰明许愿了，"只要一艘我就能发大财。"

"船会沉的。"约瑟夫提醒他。

"我的船不会。"

"你以为你很现实吗？还不是跟我们一样。"维多利亚也来泼他的冷水。

本杰明坐在椅子上扭动着身子，有些尴尬，但仍然顽强地瞪着他的姐姐。

卡兰德太太一直心不在焉地看着窗外，这时突然站起来说："对不起，失陪了，我得去厨房了。维多利亚？"

"妈！"维多利亚抗议着，比了一下自己的衣服，又指了指我。但卡兰德太太一直耐着性子在等她，最后她只好说："好吧，如果你一定要我去的话。"接着心不甘情不愿地站了起来。

"我们家没有仆人可以帮忙做家务，"卡兰德先生告诉我，"我们过得很节俭。"

　　我连忙转移话题，抬眼看着壁炉架上方的那幅油画，说道："那幅画真有意思。"其实我有些言不由衷，只是不希望卡兰德先生为这种小事向我道歉。

　　"你真的觉得很有意思吗？那是以往的快乐时光所留下的回忆。"

　　我仔细端详着那幅画。画中的两个孩子并肩站在一块东方式样的地毯上，两眼呆滞地瞪视着前方，神情僵硬得活像假人。画里的小男孩大约四五岁，女孩则看起来比我稍微小一点儿。小男孩是整幅画像的焦点，他穿着镶有花边的天鹅绒衣服，一头卷曲的金发衬着圆圆的脸蛋，皮肤白里透红，嘴角上扬，神态像小天使般纯真。而那个女孩则仿佛是这幅画的配角，为了衬托小男孩的俊美而存在。她站在阴影里，头发暗沉，长相平凡，身上虽然也穿着镶花边的天鹅绒衣服，但表情一本正经，眼神里流露出一丝哀愁。

　　"你应该猜得出他们都是谁吧？"卡兰德先生说。

　　"是你和你姐姐吗？"

　　"是的。以前我们家也有保姆，但真正照顾我的人还是艾琳。她几乎把自己的一生都奉献给我了，因而耽误了自己的青春，年纪很大了还没有嫁人。那时我一直很担心她的婚姻问题，总是催她多出去交朋友，可是她不愿意。后来，父亲和我都以为她这辈子都不会结婚了。我结婚的时候，以为她以后就一直跟我们同住了，我们永远都是一家人。我知道佩西拉也是这么想的，我们都认为应该补偿姐姐过去的付出与牺牲。"

"她终于结婚的时候，你们一定都很高兴吧。"我的目光仍停留在画像上。这个女孩曾经是蒂尔先生的妻子啊，我记得他称呼她为"挚爱的妻子"。

"那当然了。"卡兰德先生立刻答道，顿了一下又说："我当然希望她幸福。可她结婚后，我们就不常见到她了。约瑟夫可能都不记得她了，本杰明和维多利亚就更不用提了。约瑟夫，你应该跟温赖特小姐聊一聊你的学习。"

"她不会感兴趣的。"他回了一句。

"没有啊，我对教育一直都很感兴趣。"我连忙说。

"啊，是，是，我看出来了。但我学的东西太普通了，你知道吧？"

我好容易才忍住了反唇相讥的冲动，转头问本杰明："你和你哥哥在一起学习吗？"

"谁爱学那种玩意儿啊？"本杰明气呼呼地反问我，又补了一句，"也就是那些绅士才会学。"

"不管你愿不愿意，你就是个绅士。"他父亲提醒他。本杰明怒视着我，好像这全都是我的错。约瑟夫看见他这个样子，又笑了。卡兰德先生接着说："只可惜，你现在还是更像个野蛮人。"

"约瑟夫在学希腊语。"卡兰德先生告诉我。

"那谁教你呢？"我转头去问约瑟夫。

"我父亲。"

"我们家有一个房间用来当教室。我不希望孩子们在这个与世隔绝的地方住久了，而在教育上落后于其他的同龄孩子，所以，目前我暂时扮演着柏拉图的角色，想好好教育一下这些小亚历山大。"卡兰德先生解释道。

"哦。那你们打算要搬走吗？"

"迟早要搬走的，这是肯定的。"卡兰德先生答道。

"搬到哪里去呢？"

"这个还没有决定。女士们想夏天待在海边，其他季节去伦敦或者巴黎住。约瑟夫并不介意住在哪里，只要有马厩就行，对吧？"

"还要有狩猎活动。"约瑟夫补充道，"如果让我来决定，我会说伦敦是最好的选择：本杰明可以在伦敦经商——做什么生意都行；你可以加入自己喜欢的俱乐部；维多利亚也可以过上好日子。我听说伦敦的天气不太好，但有戏院和歌剧就可以弥补这点不足了。再说，那里有很多时髦的商店，建筑既美观又气派，还有很活跃的社交生活。"

他说得兴致勃勃，似乎对这个话题很感兴趣。我忍不住说道："你都计划好了呀？"

"我们在这里有的是时间做梦，"卡兰德先生回答，"个个都是大梦想家，是吧？本杰明也不例外。这样也没什么不好的，没有一项大事业不是从梦想开始起步的。你的梦想是什么呢，温赖特小姐？"

"我？嗯，我没有什么梦想。"我回答。

"你的学业和理想都不算吗？"

"那些不是梦想，而是计划。"

"我的也是。"本杰明附和着。

某种程度上，我理解他的意思。

卡兰德先生说出了我的心声："只不过，你也必须要有足够的钱，才能实现你的计划。"

"还有什么比钱更现实的呢？"约瑟夫问，"我说得对吧，温赖特小姐？"

"钱的确是个很现实的问题。"我同意他的话。

"但听你的口气，好像不太肯定。"卡兰德先生说。

"也许是因为，我不太能理解你们所说的财富的概念。"我坦白地说。

"我们会激发你的想象力的，而你也能增加我们的常识，我们之间会交流得很好。"他说。

"也许温赖特小姐并不想激发她的想象力。"约瑟夫挑衅地说。

"也许你并不想讲求实际。"他父亲回了他一句。

这时维多利亚过来说要开饭了。我很庆幸这场谈话被她适时地打断了。卡兰德先生挽着我,带我走向餐厅。穿过走廊的时候,他一路都在低头对我微笑,整张脸容光焕发。我实在无法拒绝一张如此真诚的笑脸。

长长的餐桌上铺着麻质的桌布,摆着亮晶晶的银餐具,每一个座位前都放着一个装满冰水的玻璃杯。卡兰德太太准备了一顿正式的餐宴。我们就座后,她忙着从厨房里端出一盘盘浓汤,接着维多利亚又帮她收走前菜,端上主菜。卡兰德先生在一旁的餐柜前切烤肉的时候,维多利亚又端上了一碗碗土豆泥和奶油菠菜,还有一锅肉汤和一个银托盘,托盘里铺着雪白的餐巾,盛着一条条面包卷。

卡兰德太太的厨艺不怎么样,浓汤实际淡而无味,面包卷的面团发得太过了,烤肉又太硬,土豆泥拌得不够细,最后上桌的甜点蛋糕还有一边是歪的。我很有教养地吃完了自己盘子里的东西,但委婉地拒绝了再添一次。我注意到本杰明吃得很起劲,约瑟夫的胃口也不错,但卡兰德先生吃得很少,比他的妻子和女儿还要吃得少。饭后,我想去厨房帮着洗碗。卡兰德先生不答应,但我坚持要去。

我一边系上围裙,一边对女主人说:"给您添了这么多麻烦，真是不好意思。午餐很丰盛，谢谢您。"

厨房里堆满了锅盘，卡兰德太太小心翼翼地洗着水杯，仿佛生怕会摔碎它们。她并不抬头看我，只是全神贯注地洗着。我拿起毛巾擦干她洗好的杯子。她忽然说："菜做得不太好……我以前从来没学过做饭，你知道，也没人教我……我没想到要亲自打理家务的……卡兰德先生为了请你来，什么都要求做到最好。"

"哦，天哪，"我忍不住轻喊，"他怎么会这样想。"

"他有自己的想法。他的要求可多了……这顿午饭让他很失望。"

"才不是呢。"我立刻反驳。

"你还不太了解他，但我很清楚，他的要求很高。"说到这里，她好像快要哭了，"他总是很失望，"说完这句，她的眼泪已经夺眶而出，但两手仍在不停地洗着水杯，"他对我很失望，对孩子们也是。"

"别哭啊，卡兰德太太。"我连忙安慰她，感觉很尴尬。

"你不会把我刚才说的话都告诉他吧？"她忽然转过头来慌乱地问我，随即又胆怯地移开了视线，"我不该跟你说这些，你不会告诉他吧？"

我想，她一定是深爱着自己的丈夫，才会这么在乎他，不想让他失望，也不想让他担心。于是我诚挚地向她保证，我不会把这些话说出去。

她羞怯地笑着对我说："你真是个好孩子。也许这一切会有最好的结果。"什么一切？我有些迷惑。她接着说道："你知道我的梦想是什么吗？我想雇个管家和几个仆人来打理这个家。卡兰德先生可以搬去纽约，住在舒适的房子里。纽约是他最爱的城市，孩子们也都很喜欢那里。我呢，说不定也会去那里，但也可能去哪个地方传教，要做的善事实在是太多了。我想过平静的生活，并不在乎穿什么吃什么，但他在乎，他们都在乎。"

我想不出该说什么来回应她。蓦地，她的神色一变，语调也变了，说道："总有一天，我们的梦想都会实现，你说呢？"接着她又高声笑了起来，笑得有点紧张。"但在那一天到来之前，卡兰德先生说，我们得要把现在的生活当做迷人的田园生活。改变是早晚的事，要耐心等待。"她斜睨我一眼，又说："卡兰德先生还说，以前有一个法国王后还假装过自己是牧羊女呢。"她忽然话锋一转，问道："你觉得约瑟夫帅吗？"

我按照她希望的答道："非常帅。"

"他将来会很迷人的，是吧？"

"我希望他不会。"我答道。

"你还太小，还不懂这些。他跟他爸爸十七八岁的时候一个模样。可惜，这里没有什么社交的机会。如果不久后我们就能离开这里，约瑟夫一定会大有可为的。我把所有的希望都寄托在约瑟夫身上了，他很讨人喜欢，你知道的，他的舞姿也很优雅，我们教导过他怎样成为一位绅士。

我们洗完碗后，穿过餐厅，回到了客厅里。维多利亚脊背挺直地坐在钢琴前，弯着手腕在弹琴。她的父亲和两个兄弟则站在前面，合唱着轻歌剧《宾纳福皇家号》中的"海军上将"一节。卡兰德先生唱的是海军上将的角色，表情十分夸张滑稽，在客厅里昂首阔步地走来走去。三个孩子一同为他伴唱和音。卡兰德太太和我坐下来聆听他们的歌声。在卡兰德先生的带动下，他的孩子比我想象的更加活泼快乐。唱完后，卡兰德先生又要求维多利亚独唱一首"金凤花"。她便自弹自唱起来，歌声甜美自然。

"你会唱歌吗，温赖特小姐？"卡兰德先生接着问我。

三个孩子跟着转头看向我，似乎刚才已经忘记了我的存在。大家静静地等候着我的回答。我实话实说："我不会唱歌，也不会跳舞。"实际是这两样我都不太擅长。

"可是，唱歌跳舞是人人都能学会的吧。"卡兰德先生说，"我们来教你吧——好不好啊，孩子们？你肯跟我们学吗，温赖特小姐？"

"真是太感谢了。"我回答。

"你的那位好姨妈是不是太忙了，没空教你这些风花雪月的事情？"

"她真的很忙，每天都有很多事要处理。"我连忙解释。我可不想让他以为我会说出对康丝坦姨妈不敬的话。

"那她一定是位令人钦佩的女性。"他很快答道，"我们应该还有时间玩一场门球，之后我再送你回蒂尔先生家，好吗？"他掏出怀表看了一下时间，又说："不行，孩子们，你们自己去玩球吧。温赖特小姐，我陪你从河边的浅滩那儿走吧，那样比从村子里穿过去要快些，行吗？"他的双眼发亮，仿佛怕我忘了那座横跨瀑布的木桥是我和他之间的秘密。

"蒂尔先生的大宅比瀑布还要远一公里呢。"维多利亚从琴椅上转过身来，看着我说，"你一定很能走。"她的声音很甜美，但那口气似乎在说，很能走路并不算什么淑女风范。

"对，我是很能走。"我一口承认，并不想假装惭愧。

"如果我们有一辆马车，就可以体面地把你送回去了。"维多利亚又说，她这话并没有刻意在冲着谁说。

"如果光是想想就能变出一匹马来，那乞丐也能骑马了。"约瑟夫损了她一句。

"我们去玩球吧。"本杰明催促着。

卡兰德先生带着大家走到屋外的草坪上，我便暂时成为了几个星期前偷看到的草坪上那群身影的一分子。卡兰德太太坐在草地椅上，阳伞的阴影遮住了她的脸，卡兰德先生和我则在一旁观看三个孩子开始打球。本杰明带头打了一记快球，球滚得太远，滚到了球场中央。维多利亚接着去打，但力道不够，因此约瑟夫只消轻轻一挥木槌，就把她的球推到了一边，再借着罚球把她的球打出了球场。他们专心玩着球，没有空注意卡兰德先生和我，于是我们并没有道别就离开了。

走出一段距离之后，卡兰德先生才问我："你喜欢我的家人吗？觉得约瑟夫怎么样？你现在该明白，我为什么认为他需要你这样的朋友了吧？你有明确的目标和方向，可以引导他发挥自己最大的潜力。我们都需要这样，是不是？需要一个人来引导我们表现出最好的一面。你真好，还帮我妻子洗碗。要知道，维多利亚做家务总是心不甘情不愿的，她更喜欢梳妆打扮，或者摆弄那些花花草草。谢谢你这么体贴。"

我没说什么，很纳闷卡兰德先生和太太为什么要不停地跟我提起约瑟夫，就好像我已经和他很熟了。我在卡兰德先生的前头，沿着小河旁边的林间小路走着，听到他的声音从身后传来："人们总说沉默是金，我却不这么认为。沉默是神秘的，会让人好奇对方在想什么。我一边看着你的后脑勺，听着你的脚步声，一边问自己：'她在想什么？她的辫子不肯透露半点线索。如果辫子会说话就好了。辫子，快跟我说话呀。'"

我被逗乐了，转过身对他笑了笑。

"我的孩子都很喜欢你。"

"是吗？"我反问道，无法掩饰内心的惊讶。

他伸手按住我的肩，让我不得不停下脚步。他走到我身边，说道："我们家没有你所习惯的那些礼仪，温赖特小姐。孩子们有些言行可能不太合适，他们不该那样的，但我想，你这么敏锐应该也看得出来，他们缺乏教养和学习。你慢慢就会明白，他们的生活并没有多少快乐可言，也很少有机会学习合乎礼仪的言行举止。"

"你们的确有些孤僻。"老实说，甚至比蒂尔先生还要孤僻。但随后我自觉失言了，连忙诚恳地道歉："对不起，我说话常常不经过大脑。"前一秒他的脸色还突然一沉，但一听我这么说，那不高兴的表情又随即消失了。我仔细想着他说的话，心想难怪他会这么直截了当地跟我谈起自己家人的事，原来是我没能细心地考虑他家孩子的情况，更没想过他们生活中的困境。

"我真的很喜欢你的谦逊。"他和我并肩走着，继续说道，"我可以恭维你一下吗？我一直觉得敞开心胸说亮话才是真正的理性，而你让我更加坦白了。我必须承认，我的孩子们言行不够端庄，如果你能够原谅他们，我也就这样继续袒护自己的子女了。但我会记住，他们本来可以更加有人缘的。毕竟，良好的教养并不能光靠优雅高尚的生活环境就能培养起来，是吧？或许我是有些护短了，可他们其实是成人世界的受害者，他们生长在这里，所拥有的生活方式并不是自己能选择的。他们还是孩子，无助又无辜的孩子。"

我想起了温赖特学院的那些女孩，每次看到她们因为父母的过失甚至是恶行而受到不良影响的时候，我也是这么想的，因此，我很赞同卡兰德先生的这番话。"这全是我的错。"他坦承，"你也见过我妻子了，看到她那副样子，你应该就明白了，责任全在我的肩上。"说到这里，他左右看了看自己的肩膀，仿佛在目测它们的宽度和厚度，"你虽然年纪不大，但对我能有很好的影响。人应该总是寻求对自己有好处的影响力，你说是吧？要把好的影响力带到身边来。但是，如果我们能离开这里，那一切就会变得更好。"

"那你们为什么不离开呢？"

"卡兰德家的产业在这里啊。"他答道，"目前，我们虽然继承了一部分遗产，但也只够——"他捏起指头弹了一下，接着说，"只够勉强过日子的。有一份——"他迟疑了片刻才说，"遗嘱，一份庞大而复杂的遗嘱，还装在铁笼子里，就跟立遗嘱的那个人的坟墓一样死寂。有时候我会想，那就像一座陵墓，外面围着铁栅门，还挂着一把沉甸甸的钥匙，重得能压断挂钥匙的人的脖子。"

"应该不会那么复杂吧。"我说着，强忍住笑。他的用词太夸张了，我不禁被他灵活的想象力所吸引。如果我想继续当他的好的影响力，那就要鼓励他这种夸张搞笑的表达方式。

"当然没有那么复杂，只不过，这样想就不会觉得那么泄气了。凡事我都不想让自己泄气，需要伤心烦恼的事已经够多了——不光是孩子们的或者佩西拉那些沉默的忧愁。"他注视着我。我很高兴地发现，他了解自己的妻子。他接着说："也不光是那份九头蛇似的遗嘱。你知道吗，我姐姐走了以后——"他闭上眼，停了一下继续说道，"她的孩子也跟着不见了。"我有些好奇，那个孩子在那么小的时候就失踪了，事情过去了这么多年，作为孩子的舅舅，他会有多在乎呢？但我并没有开口询问，因为从他的表情我看得出，他确实是真情流露了。

"更糟的是，孩子的失踪是一个难解的谜，这才是整个事件中最让人难以承受的部分。你很聪明，应该注意到了我对生命的看法。我姐姐死了，这不是什么神秘的事，因为我亲眼看见她下葬了，虽然我很伤心，但事情是千真万确发生了。可说到她的孩子，一切就不那么确定了。这件事就连孩子的父亲也绝口不提，简直就像……"他的声音小了下去，我却知道他想说什么，似乎他这会儿才猛地想起我目前住在谁家里。"如果我能知道那个孩子的确死了，反倒更容易承受一些，远比陷在眼下这难解的谜团中要好。但我这么说，是不是很自私？"

"不是，我能理解你。"

"但这的确很自私。你我之间一定要相互坦诚，我很在意这一点。每当我想到孩子——不论是我自己的还是别人的小孩——再想想对孩子而言，这世界是什么样的，我就感觉心像被揪住似的疼。我的孩子起码还有个能遮风避雨的家，一天有三餐可吃，但我姐姐的孩子，那个可怜的小家伙，却不知道流落到了何方，又会有什么样的遭遇。"

我很同情他，也很钦佩他，他承受着这样的痛苦，却并没有把它加诸别人的身上。

"所以你看，我就是这样的一个人。"他的语气很沉重，但只是一会儿就又转为幽默风趣了，"这就是我。我在这里能做的事太多了。我能看穿你的一些心思，也很遗憾自己缺乏那种让自己变得更有用处的力量。我可以去搞研究，甚至成为一名学者，也可以去种田。我还能整个上午都埋头写小说，我的想象力很丰富，应该能写出点什么，你觉得呢？"

我笑了起来，同意他的看法。

"或者，至少我能背出英国历任国王的名字。我还可以做点别的，比如学习用扑克牌变魔术。总之，别让往日的伤痛再折磨我，让我变得更加阴沉忧郁了……"他的声音渐渐低了下去，似乎在渴望着什么。

"你现在阴沉忧郁吗？"我好奇地问道。他是个很难了解透彻的人，在我所认识的人中，没有人比他的性格更加变幻莫测了。

"有你这么好的同伴，又在这么美好的下午，我怎么可能会忧郁呢？"

"我不知道。你忧郁吗？"我追问道。

这时我们已经走到瀑布旁边了，他停下脚步，好让我能看着他的脸。然后他说："你告诉我吧，琼·温赖特小姐，你说呀，我相信你。"

我打量着他，注视着他那明亮开朗的容貌与气色，还有他那光烂的金发和白衬衫。我诚实地答道："我不知道，我的想象力还不太丰富。"

"那你还得多了解我一些。容我自吹自擂，跟我在一起你会很愉快的。你还会回来看我们，对吧？下个星期？"

我犹豫着，想到了这个不快乐的家庭为我而装出来的勇敢的表象。

"你今天很愉快吧，至少有那么一点点，是吧？"他追问。

"是的。不过你得答应我一件事。"

"什么事都行。"他夸张地宣布，一只手还放在胸口上发誓。

"我看得出来，卡兰德太太今天忙坏了。我想，没有客人的时候，你们应该会吃得比较简单吧？你能不能答应我，别再把我当客人，也请她别再那么费心地招待我，可以吗？"

卡兰德先生深深地凝视着我的眼睛，说道："你真是个善解人意的女孩，认识你我们多幸运啊。好，我答应你。真是太感谢你了。"

说完他便放下了那块木板，让它横跨在瀑布的两端。他挥挥手要我走上去，然后朝我一鞠躬，有如罗利爵士把镶有珠宝的披风铺在泥沼地上，好让尊贵的伊丽莎白女王行走。

我走上那块狭窄的木板，跨越陡峭的瀑布山壁，不敢让他看出我内心有多害怕。每走一步我都在告诉自己要有信心，因为我猛然想到，这道秘密的木桥或许可以解释艾琳为什么会从瀑布的上方跌下水潭。

第十章

一张短笺

　　我回到蒂尔先生的大宅时，已是傍晚时分了。蒂尔先生正在厨房里准备晚饭。烤箱里烤着一只鸡，火炉上的平底锅里煮着土豆，而他正在忙着剥豆子。

　　"你回来了。"他飞快地瞥了我一眼，招呼了一声，两手熟练地剥开豆荚，让豆子落进瓷碗里，"你去摆餐具，我们就在这里吃。你饿了吧？"

　　"是啊。"我应着。中午我虽然把盘子里的东西都吃光了，但实际上吃得并不多，卡兰德家每一道菜的量都不是很多。

　　"小麦克送了一只野鸡给我们。"蒂尔先生说。

　　"巴沃太太呢？"

“她天黑后才回来，尽量多陪陪家人。”

蒂尔先生做的菜挺好吃的。我夸赞道："你的厨艺很好。"我这么说除了表示感谢，还有很惊讶的意思。

“我一个人生活了很多年，做饭并不难学。”

“那你为什么还要雇用巴沃太太？”

“这房子还是要有人来打扫的呀。”他提醒我，随即话锋一转，"你觉得卡兰德一家怎么样？今天玩得开心吗？"

“他们请我下星期再去做客。”我这么答道，避开了他的两个问题。

“那你是怎么答复的呢？”

“我接受了。”

他点点头。

“他们很热情地招待了我。”我告诉他。不知怎的，他让我觉得自己不该再去卡兰德家。

“伊诺克·卡兰德是个对生活品质要求很高的人，"蒂尔先生这么回应，"但他的妻子却很难达到他的基本要求。"

“可她也没办法呀，又请不到人帮忙。”我替卡兰德太太说话。

“村里人的记性很好，请不到人是卡兰德一家自作自受。”

“还是因为巴沃太太的事吗？”我问，"但卡兰德先生说，他们没什么钱，我想，他们大概是请不起佣人吧。我觉得他们过得很不开心。"

"是吗？"蒂尔先生冷淡地应了一句。

"是啊，我是这么认为的。"我有点生气，接着说，"他们不太会做家务。虽然穿得很体面，但也只是为自己打扮，也没有朋友。你至少还有一些朋友。"

"这么说来,他们过得比我还要糟糕？"他说着干笑了一声，"不过，他们已经交到你这个朋友了。"

我并没有反驳他，虽然我可以反驳。但毕竟我是真的喜欢卡兰德先生，喜欢他跟我说话时把我当成大人，并且肯专心地聆听我说话。我问蒂尔先生："卡兰德先生和太太以前一直过着热闹的社交生活，是吧？在纽约的时候？那里的生活更快乐，更文明，也更刺激吧。搬来这里，他们失去了很多。是的，我很同情他们。"

"我明白了。"蒂尔先生应着。我看得出来，他不太想继续聊这个话题了，但我还是接着说："卡兰德先生的父亲不肯让他继承财产，对吗？我听他谈起老卡兰德先生的时候，语气不太尊重，又是因为巴沃太太那件事吗？"

蒂尔先生好像有点生气，但还是回答了我："巴沃太太的事只是导火索。他们父子俩是截然不同的两种人，一向不和，永远也相处不好。乔赛亚比较疼爱女儿，不疼儿子。"

"为什么？"我忍不住追问。有那么一会儿，我以为他不会回答我了，但稍后他终于平静地讲起了原因。

"乔赛亚和艾琳的观点比较一致，他们关心教育，总是尽自己所能对抗世界的不公和不义。但伊诺克却不一样。艾琳说，伊诺克从小就跟他们不一样，她还怪自己没把他教好。但我始终认为，即使伊诺克不是由艾琳带大，他的性格也还是不会改变。他从小就是想要什么就能得到什么，但却总是贪得无厌，永远都不满足。他也从来不爱学习，不把法律和别人放在眼里，一心想着享乐。跟很多年轻人一样，他沉迷于赌博，弄得自己负债累累，借钱度日。他不仅不在乎父亲和姐姐所关心的事物，还一有机会就跟他们吵架。

"他姐姐——也就是我妻子——一向深爱着他，这是她的致命伤，是她生命中的盲点。她总说伊诺克和世上的凡夫俗子不同，理应受到不平凡的待遇；她还说他充满野性，不该被驯服，别人也不应该用一般的好坏标准来衡量他。她把他宠坏了，即使经常被他惹得生气、伤心哭泣，还依然疼爱他。他父亲乔赛亚不喜欢他，却又因此而对他心存愧疚。伊诺克便利用这一点，对父亲也像对姐姐那样予取予求，甚至想劝阻乔赛亚，让他别卖掉工厂，别搬来这里。好在对于这件事，乔赛亚的态度非常坚决。起初伊诺克是说什么也不肯搬过来的，是乔赛亚硬逼着他搬的。

"乔赛亚和艾琳原本希望着，伊诺克结婚以后会安定下来。

伊诺克的妻子嫁过来时，带了一些嫁妆来，但也没能支撑多少日子。最后伊诺克心不甘情不愿地搬来了这里。他一直恨透了这种乡村生活，说这简直就是浪费生命，老是跟他父亲吵着要搬回城市里去，一有机会就跟父亲作对。我和他姐姐结婚后，他对我也从来没有好感。

"我现在回答你的问题——我不认为多年前的那件事巴沃太太有什么错。如果非要追究是谁的错，也绝不会是她的。是的，乔赛亚是把伊诺克从遗嘱中除名了，除非再也没有别的继承人了，否则他不能继承遗产。伊诺克虽然得到了一大笔生活费，可是对于他而言，不拥有一切他是永远不会知足的。像他这样的人很多。"

我思索着这些话，感觉蒂尔先生对卡兰德先生非常不满。以前我还从没见过蒂尔先生说话这样滔滔不绝，就连跟康丝坦姨妈吵嘴时，他也没说过这么多话。

"那你继承了这笔财产？"我脱口而出。

"你这样太鲁莽无礼了。"他责备我。他说得没错，我连忙道歉。

但我仍然有许多疑问。我不知道蒂尔先生还有多久的耐心持续这个话题，他说话时并没有看着我，语调也很冷淡，但又确实还在说着。于是我追问道："如果老卡兰德先生不喜欢自己的儿子，为什么不努力改变他呢？"

蒂尔先生耐着性子叹了口气，用老师教笨学生的口吻说道："他当然试过，但并不成功。伊诺克只听得进艾琳的话，可就连艾琳也没法说动他去做自己不想做的事。艾琳太疼爱弟弟了，总是想尽法子护着他，不让他受父亲的责骂和管教，还努力拉拢他们父子之间的感情。但其实，她根本无能为力，却又不愿意承认。"

我前前后后想了一遍，说道："可是，如果你肯站在他的立场来看，就会觉得他很值得同情——我是指卡兰德先生。"

蒂尔先生以他沉稳的双眼凝视着我，那眼神仿佛在探测我的内心深处，令我感觉很不舒服。"对，你说得没错。不过，如果你总是这么想的话，那么，这个世界上就没有什么对与错了。"我已经明白他是什么意思了，但他还继续往下说着，好像要说得更明白我才会懂。"你一定也会认为，这世上没有什么超越人类的真理了。"

"你是指上帝吗？"

"不，我指的是人性。上帝掌管着善与恶，而真理——单纯明确的事实，却与人性相关。"

"我不明白。"

"我的意思是……"他审慎而缓慢地解释道，"举例来说吧，你同情卡兰德先生，因为他自认为失去了很多东西。如果你从他的立场来观察事物，如果你觉得他把钱花在自身的享乐上，而不愿用来帮助穷苦的孩子上学，这种做法是对的，那你很可能就会同情任何情况下的任何一个人，不是吗？这么一来，每个人不管做什么事都有理由被原谅了，而这是多么残酷又有害的想法啊。"

我明白他的意思，于是反驳道："可是你也同情巴沃太太，一样站在她的立场来看事物啊。"

"那不一样。"

"为什么不一样？"我追问，"她确实偷了东西，不是吗？偷东西是不对的。"

"但她并没有说谎来掩饰她的过错，并且接受了惩罚。"蒂尔先生指出。

我很不情愿地发现自己也转变了立场，接着他的话说道："而且她并不是为了自己，是为了别人才这么做的，也要考虑到这一点，对吗？"

蒂尔先生想了一下，说："不，这并不是个好理由，不是吗？任何人都可以说他们是为了别人好，才做出某种行为的。暗杀林肯总统的那个凶手，也说自己是为了替所有的人争取自由。"

"那你认为，最重要的差别在于是否说了真话？"我慢慢地说着，同时也在努力地思考，"那卡兰德先生说谎了吗？"

蒂尔先生并没有直接回答我的问题，他说："重要的是找出真相，并对自己诚实。就拿奴隶制来说，比如有一个奴隶主一直都拥有奴隶，从来就认为那些奴隶不是人类，对待奴隶可以像对牛羊或者鸡鸭那样，随意买卖，责罚管束，甚至宰杀。你能够理解这种奴隶主的想法，以及他们为什么会这么想吗？"见我点点头，他接着说道："但是那个奴隶，事实上也同样是一个人。如果你同情的是奴隶主，那就必须接受奴隶制，除非，你明白最重要的是真相。"

"可是你也不肯参战，你是个逃兵。"我抗议道，说完才觉得自己说得太直接太过分了。蒂尔先生沉默了许久才开口回答。

"我对这世界仅有的一点用处全在这里了——"他说着伸出双手，"所以，没错，我是当了逃兵。如果我的家人有钱让我逃避战争，就像乔赛亚·卡兰德的父亲为他安排的那样，我也会同意的。在我能画画之前，我不想去冒丧失生命的危险。我这一生都很悲惨，只有在画画时除外。这里的大多数人都瞧不起我，他们没有错，我自己也瞧不起自己。然而，即使时光倒流，再给我一次选择的机会，我也还是会逃走。"

"但你还是会瞧不起自己？"

"是的，我还是会。"

我完全不能理解。听他说起他的选择，好像没有一个决定是正确的。这让我十分困惑，我已经习惯了经过缜密的思考来得到解决事情的办法，然而在这项讨论上，缜密的思考却反而更得不到解决办法。蒂尔先生坐在那里注视着我，没有再说话。我纳闷今天他为什么会和我谈这么久。我不会因此而往自己的脸上贴金，以为他是对我的性格渐渐产生了兴趣，所以，我很好奇他和我交谈究竟有什么目的。

接下来的几个星期都在平静中度过。我每天上午工作，下午和麦克一起看书，或者到树林里去散步。有时我也会帮巴沃太太打理花园。我和康丝坦姨妈通了几次信。我什么事都跟她说，但没有告诉她我对蒂尔太太的死因感到好奇，也没有提过我决心在文件里寻找线索，解开这个谜团。我并不是故意要瞒着她，只是不想让她回忆起那些痛苦的往事。于是，我也索性不提我对多年前那一连串事件的看法了。

每个星期天，我都去卡兰德家吃午饭，但却很少有机会再和他们家的三个孩子相处了。很快我就发现自己只是卡兰德先生的客人，就连卡兰德太太也再没有像初次见面那样和我交谈了，她甚至很少开口说话。三个孩子也很少在午饭前后出现，大家只是吃午饭的时候坐在一起，这已经变成惯例了。卡兰德先生总说他的孩子有多么喜欢我，我并不这样认为，只是觉得，既然他愿意这么想，而且我若想跟他在一起玩，最好别去顶撞他比较好，所以我并没有说过自己真正的感受。午饭后，我照常帮卡兰德太太洗碗，自从第一次以后，维多利亚也会来帮忙。洗好之后我就和卡兰德先生出去散步，这是整个下午最棒的时光。

　　卡兰德先生年轻时一定是风流不羁，他经常说起赌场里的情景，还有纽约码头区的风光。他描述得活灵活现，让我感觉身临其境。那样的世界我这一辈子也不可能亲身去体验了，但通过他的描述，我能够多多少少了解一些。他让我知道了所谓的底层社会。那里满是混混和女伶，是那些过着神秘夜生活的男男女女的天地。那些人都胆大妄为，其中有些人会不顾自身的安全，寻欢作乐，追求纸醉金迷的刺激，而无视社会的法律和秩序。他还提到了另外一些人，那些人酗酒、吸毒和豪赌，沉迷其中不可自拔。我猜，还有更糟糕的事他只是一带而过，没有说得很清楚。

　　他口中的世界也有高低贵贱之分。在赌场里，豪华的水晶灯高高地挂着，昼夜灯火通明，出出进进的都是些英俊的绅士，挽着珠光宝气的美女。他说起赌牌时的紧张刺激，说有人随着轮盘的转动一夜暴富或者一夕破产。他向我描述了恶人的种种面目，他说："这些歹徒虽然犯下了各种罪行，但总的来说，我觉得他们还是比有些人要好一些——比如那些放高利贷的人，搞金融交易的人，或者靠找律师钻法律漏洞来赚钱的人。我说的这些歹徒敢于冒一切风险，只为了发财，但绝不虚伪地为自己唱什么高调。我是个浪漫的人，我知道你在想什么，但你千万别被自己所认为的公平和正义遮住了视线，从而看不见别人的公平和正义。"他边说边抬手遮住双眼，做出滑稽的东倒西歪、跌跌撞撞的样子，来示范他的观点。

不过，伊诺克·卡兰德对于纽约上流社会的高尚生活也很熟悉，什么舞会啊、茶宴啊、海边的夏季别墅啊，他也照样能侃侃而谈。有时候他还会嘲弄那些尊贵人士，把他们的样子描述得活灵活现，精彩万分。比如，两位雍容华贵的老太太会各据一方，互相打量，犹如充满嫉妒的王后一样彼此较劲。还有社交名媛和她们的护花使者，游艇比赛及草地网球赛，歌剧和舞台剧等等。

有一次，他非要教我跳华尔兹，还说每位淑女都应该学会优雅地跳舞。我告诉他跳舞和舞会在我的生活里根本不重要，他不听，只管教我舞步，一边哼唱着旋律，一边向我伸出双手，仿佛已经看穿我心底的秘密。我们在绿草如茵的河谷里翩翩起舞。不久后，我就随着他一起唱了起来，跳得越来越有信心，舞步也随之加快了。最后，我们跳到头晕目眩才停下来。他庄重地轻轻拍着手掌，好像真的置身舞会现场。我笑了，也跟着拍手。

"你的舞步很轻盈，琼。"他夸奖我。我气喘吁吁，并没有说什么。其实我知道，我跳得好是因为他带得好，就像唱歌一样，如果有人唱得好，你跟着唱和，歌声就会更加自然

有力。"你让我回到了年轻时的日子。"他说,"哦,那时候真有跳不完的舞会。但当年的舞伴都不如现在的吸引人,我一定要重新拥有这一切……不过,先让我把那时候的盛况讲给你听吧。"

他向我展示了一个我可能永远都不会踏入的世界。跟他交谈以后,我的见闻增长了许多,远比我亲身体验的还要多。他的话语激发了我的想象力,让我了解到剑桥以外还有多么辽阔且多姿多彩的世界。他高声问道:"你就不想出去见识一下这个世界吗,琼?你不想到外面去开开眼界吗?你可以跟我坦白,你放心,我一定能理解你。"

"我不想去,但我很喜欢听你讲。"我回答。

"你为什么不想亲身去体验一下呢?"

"那样的生活不适合我。"我谨慎地思考之后,答道,"我不擅长享乐,喜欢过平静安稳的生活,如果事情一下子来得太快——"

他听了直摇头,露出满意的笑容对我说:"我想你是低估自己了。我很愿意相信你康丝坦姨妈的看法,但我并不认为那位著名的女士对你有足够的了解。你千万不要把自己搞得太令人肃然起敬,一定要让自己保有一点野性——如果不能尽情地去活,那生活对于我们来说还有什么意义?"

他的热情感染了我,他应该从我脸上的表情看出来了,因为他又问道:"你就不想多看看这个世界吗?日本、塔希提岛、罗马和克什米尔,还有马达加斯加。"

"我当然想。"我答道,这些似乎和我以往的经历毫无关联,"可是人不可能经历所有的事情,更不可能拥有一切。"

"为什么不能呢?"他笑着问,又说:"就算真的不能,为什么不让自己去想象会得到一切呢?"

我很喜欢和他待在一起。跟他聊天时,我也不知不觉地话多起来。可他虽然听着,却并不怎么把我的话当真,久而久之,我自己也不把那些话当回事了。不知为什么,我从不跟他谈起他的家庭,也从未主动提起过十年前那件悲伤的往事,可那件事却时不时地浮现在我的脑海中,有时甚至会占据我全部的思绪。他偶尔会提起自己的父亲,语气总是很尖刻。但他很少谈到他姐姐,似乎是太伤痛了,不敢提起。我心里有很多疑问,但也不敢去问他,以免增加他的痛苦。

是的,我喜欢卡兰德先生。他阅历丰富,见多识广,反应敏捷,喜爱冒险,去过许多稀奇古怪的地方,还能以生动的叙述让我发挥想象力,如同身临其境,跟他在一起充满了刺激。而且他风度翩翩,知识渊博,无所不能,举手投足十分优雅,简直就像文艺复兴时期的精英人士。更何况,他从不会让我觉得自己很笨或者幼稚,即便以他的条件,很容易就会令我相形见绌。他肯对我自然地侃侃而谈,让我分享他的回忆，觉得自己和他一样优雅，一样富有想象力。在他面前，我变得更加聪明，少了拘谨和稚气，也觉得轻松自在得多，就好像他的成熟世故分了一些给我，变成了我的一部分。我觉得我和他之间并不只是肤浅的友谊，我能了解他快乐的外表下所隐藏的深刻的悲伤，因而更加佩服他坚强地活下去的勇气。

卡兰德先生能带给我快乐，因此我总是热切地期盼着与他相聚的时光。

这段日子，我还感觉到自己正逐渐赢得蒂尔先生的尊重，同时我必须承认，他也正一天天赢得我的敬重。我和他虽然不怎么谈得来，我也并不了解他，但只要话题不涉及个人隐私，他都愿意和我聊一聊。我很有兴趣研究他的心思，我发现只要我仔细倾听，就有可能会捕捉到他刻意隐藏的思绪。每个星期天，我从卡兰德家回来后，总是和蒂尔先生一同坐在厨房里，吃他准备好的晚饭，然后谈论一些关于教育、艺术和人性的话题。这些话题并不刺激热闹，而是沉稳严肃的。多半时候，都是由我发问来展开对话。比如我会问："人们为什么要施舍乞丐？"或是"非洲的传教士会说当地人的语言吗？"蒂尔先生关心的并不是问题本身，而是问题背后的大原则，但他总是很仔细而审慎地回答我的每一个问题。我们常常会在基本的原则上就产生不同的意见，然后各持己见地争论。可他不仅知识比我渊博，理解力也比我强，总是让我又气又恨，懊恼不已。晚上我躺在床上，常常会苦苦地思索他的话，有时甚至不得不认同他的观点。这一点我当然不会告诉他，本能告诉我，让他知道他胜过了我并不是什么明智之举。我得始终对他保持戒心，就如他一直都对我保持戒心一样。

周旋在这两个人之间，这几个星期天的时间在期盼、回忆和欢乐中飞逝而过。我常常写信给康丝坦姨妈，向她诉说这些日子的点点滴滴。

蒂尔先生带我去麦克家吃过晚饭。留在我记忆中的，是他们家温暖的煤油灯火，是那些家常的闲聊、笑语和争吵声。那座低矮的小屋里由孩子们称王，但小孩子都很听大孩子的话。麦克有四个妹妹，每一个都很有个性。晚饭后，大人们悠闲地坐着，懒洋洋地聊着一些无关紧要的家常话。在屋里，我是很多孩子中的一个，这让我感到很自在。我在各个房间里跑来跑去，和麦克的妹妹们玩着看似无聊的游戏，却玩得好开心。麦克有时也会来和我们一起玩，有时则坐在他父亲的身边，静静地听他说话。

这段日子是我的快乐时光。正如康丝坦姨妈所预料的，我适应得很好，我能感觉自己的心智和精神都得到了扩展，不是生理上的成长，而是经验上的成熟。这时我才明白，原来以前我一直过着受保护的生活。虽然我并不讨厌剑桥生活的狭隘，但我很高兴能在这里学到更多，能扩大我对世界的认知与见闻，而且这是在同一时间，以多种不同的方式实现的。

这段时间，我也翻阅了木箱里更多的文件。在日渐增强的好奇心驱使下，我处理文件的速度越来越快，到了八月的第二个星期，我已经开始整理最后一箱文件了。早先的噩梦不再出现，或许是因为我觉得自己正在积极地解决那个问题，所以心情很放松。知道自己在处理重要的事情，内心的恐惧就能够被我操控，不再悄悄入侵我的梦境了。我决定保持这种稳定的工作进度，相信自己一定有能力认出蒂尔先生希望我发现或者不会发现的东西。不管它是什么，只要我看见了，我一眼就能分辨出来。

我迫不及待地整理着最后一箱文件。仿佛为了回报我认真而耐心的工作似的，我终于发现了一张艾琳写给她父亲的短笺。短笺上虽然没有注明日期，但一定是写在巴沃太太的偷窃案之后。

亲爱的父亲：

我在深夜写这封信给您，知道您一定会仔细阅读并且审慎思考我所写的内容。您很清楚，我一向都会谨遵您的决定，但在这里我只想最后一次请求您，重新考虑一下修改遗嘱的事吧。我明白，您不赞同伊诺克去控告巴沃太太，然而不论您对他的看法如何，他都是您的儿子，都有权继承您的财产。

至于他为什么会变成现在这样，我想您和我都有责任，这是我们俩都逃避不了的事实。您也清楚，我的需求一向都不多，而伊诺克却想要很多很多，这是好是坏我先不予评论。我唯一关心的就是我和丹的孩子，您也知道我为了孩子今后的养育与安全问题，不得不采取一些措施。我恳求您，再慎重地考虑一下变更遗嘱会有什么好处吧，或者，这么做会造成什么恶果。

　　我仔细研究着这张短笺，上面的字迹规规矩矩，并不花哨。卡兰德先生曾跟我提过有关遗嘱的事，蒂尔先生也说伊诺克得到了一笔生活费。我很好奇，不知道那份遗嘱里都有些什么条款。我决定写信去问康丝坦姨妈。当然不是马上就写，我要等到她准备好回答我的时候。不过，也许还有别的办法能查出遗嘱的内容，一定有人知道。

　　可怜的艾琳，可怜的蒂尔太太，她是如此有把握，觉得自己已经做好安排来好好照顾自己的孩子了，我很庆幸她无法知道后来所发生的事。但我不明白，她为什么会担忧孩子的安全呢？

第十一章

模糊的恐惧

　　八月中旬，一个愉快的星期天下午过后，我在黑暗死寂的深夜里猛然惊醒了。有一瞬间，或者更短的时间里，我茫然地躺在床上。是噩梦吗，还是什么声响？到底是什么惊醒了我？

　　我被一阵强烈的痛楚揪紧了，胃部好像在被火灼烧。尖锐的疼痛使我在床上不停地翻滚呻吟，灼烧般的痛楚贯穿了我的胃，一波接着一波。终于痛楚好不容易消减一些的时候，我平躺在床上，精疲力竭，不停地喘息着。

　　起初我还能清醒地思考，心想就这么躺在床上等着吧，等着这阵痛过去。我不想吵醒蒂尔先生，那样多尴尬啊。如果真的有必要，我宁可向巴沃太太求助，女人总是比男人更方便一些。我真希望自己此刻是在剑桥，而康丝坦姨妈就住在我隔壁的房间。

紧接着又是两波痛楚袭来，我疼得浑身虚弱，差点儿就哭出来了。这时，我发现痛苦是可怕的，它能改变你的想法——此刻我只想有人来帮帮我，谁都可以，只要他能解除我的痛苦。疼痛已转移了我全部的注意力，我再也不在乎什么尴不尴尬了，顾不了那么多了。我疼得越来越厉害，毫无减轻的迹象。

我强忍着痛下了床，蹒跚地走到走廊里呼救。起先我叫也叫不出来，后来终于大喊了一声就晕过去了。迷迷糊糊中，我隐隐地感到痛楚还在持续，身边响起了话语声。过了一会儿，我勉强睁开眼睛，看到了蒂尔先生的脸庞，还有巴沃太太的。巴沃太太扶我躺下，嘴里一边念叨着"过一会儿就好了"，一边用湿布擦拭我的额头。

不久，麦克威廉斯医生圆圆的脑袋出现在我的床前。他的脸上毫无笑意，还强行喂我吞下了什么东西，接着我呕吐起来，吐完就再次昏了过去——或者是睡着了，要不就是昏睡过去了，我不记得了。

我再次醒来的时候，已快到中午了。房间里阳光耀眼，巴沃太太坐在我床边，手里织着一件还看不出形状的东西。她面带倦容地笑着对我说："你醒了吗？感觉怎么样？"

"好累……全身无力，但感觉好点儿了。"

"我去叫医生。"她说着放下手里织着的东西。

我不想这样麻烦别人，但又根本没有力气反对。巴沃太太看出了我的心思，安慰我说："医生就在楼下和蒂尔先生说话。他说你很快就会醒过来，所以一直在楼下等着。他还说你醒了可能会觉得饿，我一会儿去端一杯茶和几片吐司过来。"她接着弯下腰，替我拉好被单，又说："你的头发得梳一梳了。昨晚你可把我们吓坏了。"她说着便替我梳起头来，直到这时我才注意到自己换了一套睡衣。嘴唇感觉又硬又肿，我轻按着胃，仍觉得隐隐作痛，像擦伤一般的痛。巴沃太太动作利落地替我编了一条辫子，随后走出房间。

不久，麦克威廉斯医生来了。他开心地笑着问我："好些了吗？我想应该是好些了。巴沃太太为你准备吃的去了，我再帮你检查一下。"

喝了几口茶，吃了一些吐司后，我觉得精神好多了，说话也更有力气了。麦克威廉斯医生坐在一旁，一边看我吃东西，一边满意地点着头。

"我得了什么病啊？"我问。

"我还不能确定，得先听你给我讲讲。你把发病时的情况跟我说一下。"他说。

我回忆了半夜被痛醒时，那强烈的痛楚一波接一波来袭的情形。身体恢复之后，就很难记得当初痛苦的感觉，也难确切地描述了。麦克威廉斯医生认真地听着，没有再问什么。

末了他说："你吃了某种不适合你吃的东西。"

听他说得如此委婉，我不禁笑了起来。

"问题是要找出你到底吃了什么。你昨天吃了什么以前从来没吃过的东西吗？"

我回想了一下，答道："没有。"

"你采了什么浆果吗？或者坚果、野果子？"

"没有。"

"嗯。那你还记得昨天三餐都吃了什么吗？"他拿出记事本，抱歉地说："我得写下来，不然记不住。"

"早餐吃的是加了奶油和糖浆的煎饼、牛奶，还有一碗苹果酱。"我告诉他。

"那你往苹果酱里加糖了吗？"

"没有。午餐吃了一份炖鸡、胡萝卜、饼干和肉汁，还有面包布丁和水。晚餐吃了鱼、水煮土豆、甜菜和西红柿，还有一点以前吃剩的樱桃派。好像还喝了牛奶，最后又喝了杯甜茶。"

"你吃了什么别人没有吃的东西吗？"他又问。

"应该没有……哦，甜茶。"

"甜茶是什么？是加了糖和奶的茶吗？"

“对。”

“还有谁吃了糖？”

“好像没有了，那糖就放在厨房桌上的糖碗里。”

“牛奶呢？”

“牛奶是从冷藏室的大壶里倒出来的，蒂尔先生晚餐时也喝了一点。他每天都喝。”

“那可能不是牛奶坏了造成的。”麦克威廉斯医生判断，“蒂尔先生昨天夜里可吓坏了，但身体并没有不舒服。一个生病的人可不能骑马赶那么远的路，更不可能赶得那么快。”

说完，麦克威廉斯医生坐在那里研究着记事本上的内容，我也陷入了沉思。

“问题还是在于，你吃了什么别人没有吃的东西。茶是其中一种。早餐的糖浆呢？”

“应该不是，糖浆我们都吃了——咦，你指的是，用单独的杯子盛出来的东西吗？”我问，他点点头。我接着说：“中午吃的烤布丁是装在杯子里的，但我吃得并不多，因为口感太粗糙，不好吃。”

“那布丁是装在一个一个杯子里烤的，还是一大碗烤好了再舀进杯子里的？”

“我想，是一个个装在杯子里烤的。”

“为什么？”

"因为洗碗的时候，我并没有洗到用来装布丁的大碗。"

"还有什么呢？"

"我的茶。"

"你每天晚上都会喝茶吗？"

"经常喝，但也不是每天都喝。茶是我自己泡的。"

他阖上记事本，抬起头来注视了我好一会儿。我也定定地看着他。他说："不管是什么原因造成的，你已经好了，这是件好事。之前我喂你吃了一份大剂量的催吐剂，你知道那是用来干什么的吧？"

"用来清理肠胃的吗？"

"对，为了把你的胃清理干净。"

"嗯，我记得我吐了。"

"那种疗法有点激烈，但是根据你当时情况，又是必要的。"

"我不是得了什么病吧？"我问。

"不，不是生病。至于到底为什么会胃痛，我也还不能确定。目前能肯定的一点是,你吃了某种不适合你的东西。问题只是,那到底是什么东西,你又是怎么吃进去的。"

一个念头忽地闪过我的脑海,我却害怕得不敢说出来。有些事情,似乎只要不说出口就不会成真。

"有两种可能性,"麦克威廉斯医生走到我的床边,坐下来握住我的手,跟我分析道,"一种是,你吃的什么东西里含有某种天然的毒素，也就是食物坏了之后所产生的。但因为坏得还不严重，还吃不出变味来，所以你并没有觉察到。另一种可能性，就是非天然的毒素。"

他一语道出了我内心的恐惧。

"可是，谁会对我下毒呢？"我不解地问。

"我也不知道，"他摇摇头答道，"我也想不通谁会做出这种事。你只是个孩子，又刚来这里没多久，人生地不熟……你还有什么情况没有告诉我吗？你知道是什么原因让你置身险境吗？"

"我不知道。"我的口气有些迟疑，可我不能把那些事情告诉他。

"那我们只能认为是你的运气不太好了，是吧？"我没有回应。他又说："你今天一定要卧床休息，少吃多餐，而且要吃得清淡些。明天也还是应该待在家里休息。要不要我叫麦克明天下午来陪你？你给他上一堂课会不会感觉好一些？"

"好啊。"我一口答应。

麦克威廉斯医生站起身来，正色说道："我宣布你康复了！不过要记得，你得好好休养几天。你会乖乖地不乱跑吧？"

"当然会了。"

"我就说嘛，你是个懂事的孩子。麦克常说你的脑袋很灵光呢。"

我听了开心得脸都红了。

麦克威廉斯医生离开后，巴沃太太回到了房间里。见我早餐还没吃完，她拿起那件织到一半的东西坐了下来，抽出毛线针，三下两下就把织好的毛线全拆了，卷成一团。

"你在干什么呀？"我诧异地问她，"为什么把织好的东西又给拆了？"

"哦，其实我的手艺并不好，就放着这么一团毛线，担心的时候才拿出来织一织。"

"昨晚的事我还没有谢过你呢。"我说。

"不用谢。我习惯了照顾病人，不麻烦的。"她答道，"不过你昨晚那个样子可真叫我们担心。蒂尔先生先听见了你的喊叫，接着我也冲了过来。后来，麦克威廉斯医生说，幸好你走出房间来呼救了。"她盯着我看了好一会儿，又说："我想你待会儿一定会饿的，想喝点爽口的清汤吗？"

我说这听起来很美味，然后问她："昨天晚上后来到底发生了什么事？我都不太记得了。"

"蒂尔先生被惊醒后，我也醒了。等我跑过去时，看见他正把你抱回房间。然后他嘱咐我守着你，就急急忙忙地骑马去找医生。他和医生很快就回来了，跑得飞快，活像后面有魔鬼在追似的。麦克威廉斯医生起初以为你得了盲肠炎，可是很快他就改变想法，喂你吃了一种药——"

"嗯，这些我记得。"我说，不愿再想起当时的情形。

"再后来，你好像就好点儿了，安静了下来，最后总算睡着了。蒂尔先生便和医生下楼到图书室去了，我留在这里陪你。你睡得很安稳。"

"谢谢你。"我由衷地说道。然而，当你真心地想深深地感谢别人时，这简单的三个字真的不足以表达内心的感激；又或许，深切的感激和欢乐都是难以用言语表达的。

"蒂尔先生想问你能不能让他进来看看，他现在就站在房门外。"

"当然可以。"我答道。

蒂尔先生和巴沃太太一样面带倦容，我想，大概只有麦克威廉斯医生比较习惯熬夜吧。我也感谢了蒂尔先生的照顾，他胡乱地摇摇手，让我别放在心上。

"我带了几本书来，你也许会想看看。你今天还不能下楼。"他说。

"嗯，麦克威廉斯医生叮嘱过我了。"

"今天下午我要出门一趟，巴沃太太会在这里陪你。你会玩牌吗？等我回来以后，我们玩一局牌？我不知道要怎么逗虚弱的病人开心。"他似乎有些懊恼。

"我才不是什么虚弱的病人。"我立刻抗议。

"对，对，你不是。好吧，那我——"他蓦地转身便走了。

其实他刚才也只是走进了房门，还没有走到房间里面来。

这天大半的时间我都躺在床上，面前摊着一本书，却压根看不进去。我认真而仔细地思索着眼下的处境，脑子里蹦出的第一个念头便是马上回剑桥，回到康丝坦姨妈的身边去。可是，白天明亮的阳光照进我的房间，让一切看起来既熟悉又安全，真的会有人想害我吗？这实在说不通，根本没有人有作案的动机啊。然而，连麦克威廉斯医生也有这样的想法，这就足够令我恐惧了。我感觉像置身在一个充满噩梦的世界里，怎么也醒不过来。

好好想一想，我提醒自己。正如麦克威廉斯医生所说，我刚来这里没多久，人生地不熟的，怎么会有人想到加害我呢？一定是我不小心吃了什么馊掉的东西，说不定，卡兰德一家人昨晚也在闹肚子呢——这有可能吗？不知道为什么，但我觉得那并不可能。不知怎的，我认为就只有我一个人不舒服。蒂尔先生没事，巴沃太太也没有，就只有我。

为什么？是什么使我与众不同？我假设是有人受到了指使来对我下毒，再努力想象着那个幕后主使可能会有的各种动机。我意识到，使我与众不同的原因只有一个——我的工作。难道又是那批文件惹的祸？文件里真的藏有什么秘密吗？莫非，有人知道我已经整理到什么程度了？麦克知道，凡是进过图书室的人都知道，因为我把整理好的箱子都重新摆得整整齐齐，还贴了标签。也就是说，任何进过图书室的人、这座大宅里的任何一个人都有嫌疑。那么，难道最后一个箱子里真的藏有什么东西，而有人不想让它公开……

这些推论都建立在我是被人蓄意下毒的假设之上，但这却不是一个合理的假设。

我得找出那份遗嘱，老卡兰德先生所立的遗嘱。下午，巴沃太太端了茶和瑞士卷给我，解释道："我没加果酱，怕你的胃会受不了。"说完她便在椅子里坐下来。我问她："你知道卡兰德先生那份遗嘱的内容吗？"

"乔赛亚·卡兰德先生吗？不，我不知道。"她迟疑了半晌，又说："我想，除了伊诺克先生和蒂尔先生，没有人知道那份遗嘱的内容了吧。那时我还没来这里工作，记得吗？好几年后我才来的，我来之后这里的情况就跟现在一模一样。你在想什么呀？"她专注地打量着我。

"没什么。"我答道。

"哦，我想起来了。我刚回来时，发现卡兰德先生还住在村里，觉得很意外。我还以为他的父亲和姐姐都去世了，他也会马上搬走呢，反正这里已经没什么牵挂了，他也从来就不喜欢马波罗。可怜的卡兰德太太，总是对他百依百顺……这件事跟遗嘱有关吗？"

"我不知道。"我回答。

“蒂尔先生一定很清楚，但我可不敢问他，他会不高兴的。”

“我明白。”

直到和蒂尔先生玩牌的时候，我才想起了一件早已被我忘在脑后的事。我们玩的是一种比较轻松的牌戏，不用太专心，输赢多半靠运气，很适合跟卧床的病人玩。我边玩边想着心事，直到伸出手指算分数，念着“两个十五、四加六等于十”的时候，我才猛然想起了图书室书桌里那个上锁的抽屉。我完全不知道怎么才能打开它，但麦克一定会，而他明天下午就来看我。

蒂尔先生坐在我床边的椅子上，并没有注意到我分心了，或许是因为他自己也不太专心吧。玩到最后一把时，他竟然忘了洗牌，只是抬起头看着我，问道：“麦克威廉斯医生有跟你提起过吗，有关下毒的可能性？”

“有。”他冷不防地这么一问，让我吓了一大跳。我按下内心的恐惧，嘴里说着：“可是，应该不太可能啊。”我的口气却不如自己预想的那样自信。

“不，有这种可能。”他说着，表情凝重而严肃，仿佛正在研究我的心思，“一些原本以为不可能的事情真的发生过。”

“我知道。”我尽量以镇定而平淡的语气回答。如果让他看出我起了疑心，那可不妙。

“你想现在回剑桥去吗？”他忽然问。

“我想过。我很希望康丝坦姨妈也在这里，她会知道该怎么办。"我答道。

"我已经写信给她了，"他告诉我，"大概知道她会说什么。如果我能确定她是对的……你怎么想？害怕吗？"

"是啊。"我只能这么回答，如果我说不怕，反而会让他更加怀疑。

"也有可能就是吃坏了肚子。"他又说。

"嗯，这样解释比较合理。"我表示同意。

"如果不是的话……不是在这里，就是在那里。"

我懂他的意思，他是说，如果真有人想毒害我，那么，那个人不是在这幢大宅里，就是在山下那幢大宅里。我还知道，他也在我列出的下毒嫌疑犯名单里，但我看不出他是否知道我是这么想的。

"你昨天去卡兰德家，有发现什么异样吗？"他问。

"没有，一点儿异样都没有。我们像往常一样吃饭、聊天，然后卡兰德先生一路送我回来。"

"走到了瀑布那里？"

也许我应该骗他说我们是从浅滩那边走回来的。我无助地盯着他漆黑的眼眸，我不能说实话，可也不能说谎。

"我一直以为，你每次都是从那道木板桥上走回来的，我妻子跟我提过那道桥。"蒂尔先生说。

我惊讶地说："我没想到还有别人知道那道桥……他告诉

我那是个秘密。"

"是，他以为那是个秘密，但是艾琳告诉过我。"他说，"昨天你回来之后，觉得这里的一切都正常吗？"

"不正常吗？"我反问道，觉得不太舒服。

"我是问你的印象。"他解释道。

"我觉得挺正常的。"

"但我总觉得怪怪的。我倒希望你是吃了青苹果或者野莓什么的。"蒂尔先生说。

"我也希望是这样。"突然间我觉得好累。我原本已经被削弱的意志力，这会儿因为跟蒂尔先生的对话而变得更加疲弱了。他就像一个强悍的对手，而我们的对话就像敌人之间的意志力决斗。

"巴沃太太说今晚想留在这里陪你睡，可以吗？还是你已经够大了，不需要人陪？我不太清楚孩子的想法……我们可以在这里放张小床给她睡，不麻烦的。"

我答不上来，只能点点头，却不知道自己该不该接受这种安排。我还不知道哪里才是安全的，不知道自己是不是真的有危险，只是，我害怕孤独地度过黑夜。

第二天下午，麦克和我用折叠刀撬开了图书室那个上锁的抽屉。

"你在找什么？"他问我。锁头咔的一声缩进去，抽屉开了。

他又问："你为什么不直接去问他们拿钥匙？"

"等我看看里面有什么东西，我再告诉你。"

他拉开抽屉，我们同时探头去看——抽屉里居然是空的。

麦克把手伸进抽屉，摸索了每一个角落，然后再试图关上。没想到，这抽屉居然锁不回去了。这下我只能期望没有人会注意到它被动过了。

"怎么样？"他问我。

我惊讶得说不出话来。我本来以为这抽屉里或许放着遗嘱的复本，或者别的信件什么的，总之应该是能够厘清疑团和秘密的东西，但却没想到它居然会是空的。

"你刚才说过会告诉我的。"麦克提醒我。

我注视着他圆圆的脸庞和真诚热切的眼神，决定相信他。我必须信任某个人，必须找个人谈一谈，我已经被恐惧和迷惑搞得头昏脑涨了。麦克或许是个好人选，至少他不可能被牵扯进十年前发生的这些事情。然而我又提醒自己，麦克是蒂尔先生的朋友，他不喜欢卡兰德先生，因此他的看法会不够客观和公正。

"那你一定要保密哦。"我叮嘱他。

他的眼睛一亮，立刻回答："我一定保密！我在胸前画十字保证！"

"我在找那份遗嘱，卡兰德先生立的遗嘱。"

"乔赛亚·卡兰德吗？"

"是的。我找到了他女儿写给他的一张短笺，里面提到了修改遗嘱的事。他女儿不希望他更改遗嘱，因为那样对伊诺克·卡兰德先生不利。"

"那张短笺是什么时候写的？"

"上面没有日期，但放在最后一个箱子里。"

"那应该是在她死前不久写的？"麦克推论道。

我点点头。

"你觉得，这会不会就是导致她死亡的原因？她可能是被人谋杀的？"

"是，也可能不是，我还不知道。可是你想一想，如果我们能了解到那份遗嘱的内容，也就能得知谁是遗产的继承人了，这么一来，就能知道谁有动机了。"

"那倒不一定。"麦克指出，"这还要看了解遗嘱内容的那个人会怎么做，还有遗嘱签署的日期。"

"如果艾琳写那张短笺的时候，遗嘱只是草拟好了，乔赛亚·卡兰德或许会按照女儿的请求，不取消卡兰德先生的继承权。"我说。

"但这还是解不开那个真正的谜团。"麦克说。

"什么真正的谜团？"

"艾琳是怎么死的呀。"

"我想我知道她是怎么死的。"我说。

麦克听了大吃一惊。我欣赏着他惊愕的表情，足足有一分钟。

"瀑布上方可以架一道桥，或者说，当做桥用的一块木板。卡兰德先生给我看过，那块木板就藏在靠近他家那侧的树上。只要把木板拿下来，架在瀑布上方，他再站上去稳住木板的那一头，你就可以从桥上走到我们这头来了。"我描述给他听。

"那这表示，卡兰德先生就是那个凶手！"麦克的语气镇定，两眼闪烁着兴奋的光芒。

"可是，蒂尔先生也知道这道桥，他昨天告诉我的。"

"那就是他们两人当中的一个！"麦克说这话时同样镇定，"如果蒂尔先生有权利继承妻子的遗产，那么他就有动机；而如果卡兰德先生会因为姐姐的死而丧失继承权，那他就不会害她了，对吧？但如果那时刚好有一份新修订的遗嘱，却还没有签署的话，那卡兰德先生就有动机了。我明白你的意思了，我们真得找到那份遗嘱才行。"

"还有一件事。"我说。

"什么事？"

"艾琳在短笺里提到，说孩子会很安全的，她已经采取必要的措施了，好像那孩子——"我犹豫地打住了话头，顿了一下才说，"然后孩子就不见了。"整件事复杂而离奇，有各种各样的可能性，可奇怪的是，我居然有一种想哈哈大笑的冲动。

"为什么会有人对你下毒呢？"麦克一本正经地问。

"其实大家都还不确定是否有人想下毒害我。"我说，"你爸爸认为有人想毒害我吗？真的吗？他跟我不是这么说的。"

"他也不能完全肯定。"麦克答道。

我内心那份朦胧的恐惧感又再次浮现出来。可我不想再为胃痛的事情烦恼了，只想全力找出那份遗嘱，解开卡兰德家之谜。

"我现在唯一能做的就是找寻遗嘱，或者在别的文件里找到什么信息。"我有气无力地说，"如果有人知道这些文件里藏着什么秘密，而他又想保密，害怕我会找到它……那么，如果我真的找到了，他也就没有理由再阻挠我了，对吧？"

"那我们就动手找吧。"麦克说。看着长桌上一堆堆的文件，他叹了口气，又补上一句："反正也不会比念拉丁语更伤脑筋。"

第十二章

解读遗嘱密码

最后那个星期发生了很多事，多得我都快记不清哪些事发生在哪一天了。我是星期天晚上胃痛的，星期一整天都待在床上。星期二下午麦克来看我时，我把秘密告诉了他，把他变成了我的盟友。这个好盟友在第二天，也就是星期三早上，来帮我一起整理最后一箱文件。

这几天夜里，巴沃太太都在我房里陪我睡。夜里我每次醒来，总能听见她低沉的鼾声，然后在她的鼾声中又放心地重新睡着。你或许会觉得奇怪，像她这样有着一段不堪的过去的女人，怎么还会让我感到宽心，但我真的很信任她。

起初我不太明白自己为什么会信任她，只是觉得她熟睡的身躯好像一个守护者，守护着我不受噩梦的侵扰，不受那个一再出现在梦中的黑色身影的侵犯。那个黑色的身影一次比一次更加靠近，近到我几乎能看清他掩藏在层层深色衣服中的脸孔。他每晚都强押着我回到那片林间空地，把我拉到瀑布边缘，然后站在那道木板桥上朝我伸出手。在这些梦境中，阴暗的风扫着我脚踝边的裙摆，瀑布下方深邃的水潭里并没有人在等待。我知道是谁的身躯躺在那水潭里，可那鬼魅般的黑影仍强拉着我走上木板桥。湍急的河水在我的赤脚下方奔流，有一次，从下面升起了一个女人的身影，她伸出双臂像要来拥抱我。我随即就吓醒了，害怕得全身颤抖，死命地捂住了嘴巴。这些时候，巴沃太太的鼾声在我的耳边就像音乐一般，那单调而有规律的吸气吐气声，在黑暗中安抚着我，使我能够放心地再次阖上眼睛。

事情来得太快了，让我难以好好思考。由于夜里老做噩梦，睡不好，白天醒着的时候我总是觉得头重脚轻，好像随时都会摔倒，无助地坠入危险之中。我很清楚在坠落到底之后，我可能会发现什么。这个念头让我害怕得不敢再想下去。

星期三早上，我在图书室才刚开始工作，巴沃太太便带着麦克走了进来。我分给他一堆文件，然后各自埋头整理。麦克有点坐不住，在椅子里一直不停地扭动着身体，一副坐立难安的样子。他时不时地翻动那堆文件，看看还剩下多少没有处理。才做了半个小时,他就抬起头来看着我说:"我错了,这比念拉丁语还要难。"不过,他还是继续整理下去。

自从打开那个抽屉却大失所望之后,我不敢再过度地奢望会发现什么有价值的东西,只是依然抱有希望。我继续整理文件,看到了更多的清单,还有一张家里的物品放置图表,其中包括各种婴儿用品,如粥碗和茶匙等,这表示我整理到了一八八二年或者一八八三年的文件。我问麦克,多大的婴儿才可能要用到这些东西。他告诉我,那些物品很可能只是婴儿出生时别人送来的礼物。接着他开始长篇大论,解说婴儿最早在什么时候会用到这些东西,以此推算出最精确的日期。见我严肃地瞪着他,他叹了一口气,继续埋头翻阅文件。

接着,我又发现了一封艾琳写的短笺,夹在波士顿一家商店的几张订购单和几个股票经纪人的来信里。那是一封私密的信件,几乎可算是一封情书。看了这封信,我觉得写信的人非常契合我在卡兰德先生家里看到的那幅画里,那个一本正经的女孩。

短笺的内容如下:

丹:

我希望拜托罗杰士先生的事一切顺利。他也许会不喜欢你的画,或者发现你的画并不好卖,但对你而言，这是个很好的机会。为这事，你一定要记得替我好好感谢一下康丝坦。不过，如果你不愿意，你也不用亲自向康丝坦道谢，她会谅解的。你们俩彼此之间似乎很能谅解。有时我甚至会想，她可能比我更适合做你的妻子，因为你们都很清楚什么才是对的。我是个沉默的人，而且太优柔寡断！我总是任由情感操控着理智。此刻我正坐在我们的孩子身旁，她朝我伸出两只小手……我不禁想起你的双手，想起你的手指被她的小手紧紧抓着的样子……想到这一切，我觉得是那么的自信而满足。

记住，要给孩子挑最柔软的羊毛料子（让康丝坦跟你一起去，你总是没有耐心仔细挑），还要买最漂亮的玩具。我知道你有自己的主见，但你一定要答应我，听一听康丝坦的建议，因为她的建议总是好的。

信尾的署名是"你的爱"。这三个字显然也是用爱意写成的，我被这封信深深地感动了。这个十年前过世的女人在信中依然余音袅袅，我满心悲伤，仿佛是我自己失去了她。

麦克忽然把一张纸推到我面前，打断了我的思绪。他问我："我看不懂这是什么意思，你懂吗？"

那是一张边缘不太整齐的纸，一看就知道是张便条纸。上面画满了大写字母和箭头，把整张纸上的内容分成了四个部分。

"是不是几何问题之类的？"麦克猜测道，接着问我，"你怎么能受得了整个暑假都做这种工作呀？"

我研究着那张纸，过了一会儿才说："我想，这就是那份遗嘱。"

我很镇静，麦克却惊讶得张大了嘴巴。

"是吗？真的吗？你是说我们找到它了？天哪……喂，琼，你怎么了？怎么看起来一点都不高兴？这就是那份遗嘱啊！"他兴奋地一把抓起那张纸，冲到窗户前，接着又脸色一沉，沮丧地说："不可能，遗嘱一般都是又长又复杂的。"

"这是一份草稿。"我耐心地跟他解释，"你看，LWT 代表的是'遗嘱和临终宣言（Last Will and Testament）'，P 打头的部分则代表着'私人（private）''永远（perpetual）''永久（permanent）'或'个人（personal）'的遗赠。大概是这个意思，因为他一定还有别的想遗赠的人或者团体，比如仆人或者慈善机构什么的。而接下来这一部分呢，全都留给 IT，也就是艾琳·蒂尔（Irene Thiel），对吧？还留了一部分遗产给 J，也就是约瑟夫·卡兰德（Joseph Callender）。V 呢，就是维多利亚（Victoria），B 就是本杰明（Benjamin）。另外，还有一份给 J 的。"

"给约瑟夫两份吗？"

"应该不是。"

"那 J 会不会是那个孩子名字的首字母？艾琳·蒂尔的孩子？"麦克问，"很多人名的首字母都是 J，比如詹姆士、约翰、珍娜、杰西卡和杰夫。还有，你认为 EC 代表什么呢？那个被划掉的 PC 又是什么呢？"

"PC 是后来加进那部分中的，看出来了吗？可能是定期支付的生活费？蒂尔先生和卡兰德先生都有一份。"

我还在研究那些缩写代表的意思，麦克忽然说："我明白了。"刚才他一直站在我身边，看我循着那些箭头逐个解出名字，费劲地把每一部分的意义弄清楚。

"你听着，"麦克说，"老卡兰德先生决定把财产留给他女儿艾琳，如果女儿比他早死——常理来说，这不太可能，是吧？那就把财产分给这两个家庭，由蒂尔先生担任全部财产的信托保管人，对吧？这样一来，如果艾琳死了，卡兰德先生就能得到一半的信托金，也就是说，他只有生活费，而这个 JT 可以得到另一半的财产。如果卡兰德先生死了，他的三个孩子便能得到他的那一半。因此老卡兰德先生是先把财产分给女儿，然后再给他的孙子们。如果大家都死了，他便把财产捐赠给这些他画了圈的机构。我真想知道他究竟有多少财产，

你呢？"

麦克在我根本还没想到之前，就已经揣摩出老卡兰德主要的遗产规划了。

"这个，"他指着一个加括号的部分说，"一定是艾琳·蒂尔的遗嘱的条款，注明把所有财产留给她的孩子，如果那孩子死了，便把财产留给她的弟弟，而且没有任何信托保管人。"

我补充了一个细节："所以，卡兰德先生不是信托保管人，而蒂尔先生也没有继承遗产。"

他点点头。

"如果真是这样，那后来会发生什么事呢？"我问，"乔赛亚·卡兰德先生死了，艾琳继承了财产。"我一边说，一边让手指循着纸上的箭头指示方向前进，"她死了之后，她的孩子便继承遗产。"

"由蒂尔先生担任信托保管人。"麦克补充一句。

"而当这个孩子失踪……"我继续推论道。

"如果这个孩子仍然活着，那他就能继承所有的财产；如果他死了，财产便全部归卡兰德先生所有。"麦克大声地说出了他的想法。

"而如果没有人知道他是死是活，那所有的财产便保持原状，是吧？"我做出结论，"在某种程度上，目前财产都在蒂尔先生的手里，因为他是信托保管人，所以也可以说，是他继承了财产。"

"是啊。"麦克附和道,"可是,一个人失踪了七年之后,法律就可以宣布他已经死亡了,为什么蒂尔先生始终不这么做呢?"

我们再次沉默。麦克展开了第二回合的思索,想了一会儿才开口:"如果艾琳·蒂尔是被害的,那有可能是因为害人者更想要那份更改之后的遗嘱,也就是财产平分;也有可能是因为如果她比她的父亲早死,财产便会由两个家庭均分,由蒂尔先生担任全部财产的信托管理人。"

"那我们根本就没有解出答案来,是吗?"我这才明白过来,"我们只找出了两个有动机的人,而这两人都会因更改后的遗嘱受益。"

麦克看着我说:"我真不知道为什么你还能这么冷静。"

其实我并不冷静,只是他看不出来罢了。我心里乱成了一团,只能紧紧抓住既有的事实,就像溺水的人想紧抓着最后一根稻草。

"那么,"我继续往下分析,"真正的问题并不在于艾琳·蒂尔的死,而是那个孩子。第一,孩子到底怎么了?第二,为什么没有人对孩子的失踪展开任何调查?第三,为什么孩子没有被宣布法定死亡?"

就在这时,巴沃太太推门进来,叫我们去吃午饭。她对麦克说："蒂尔先生让你留下来吃饭。"

"好的，谢谢你。"麦克应着，用眼角余光瞄了我一下，看起来有些尴尬。

"你们两个在这里干什么呀？活像两只刚偷吃完金丝雀的猫。蒂尔先生已经坐上餐桌了。"她警告我们。

我们赶快把那份遗嘱草稿塞回那堆文件里。它曾被压在那里这么多年都没有被注意到，我想那个地方应该是很安全的。

我心想，有些事情应该是安全的，但我却并不觉得安全。我觉得既迷惘又困惑，那个噩梦似乎已悄悄地渗入白天了，就在我的视线余光之外，有几个阴影缓缓地移动着：艾琳·蒂尔、那个失踪的孩子，还有蒂尔先生找来照顾孩子的保姆、艾琳信中的蒂尔先生、努力争取姐姐关爱的卡兰德先生……老乔赛亚·卡兰德想尽办法妥善处理自己的财产，或许他最了解自己的家人，然而他显然不信任自己的儿子和女婿。

对我而言，这顿午饭吃得并不舒服。麦克大吃大嚼，仿佛什么事都没有发生。蒂尔先生比平时更加沉默寡言，我不想注视他，但又不能转开脸不看他。我真希望他开口说话，说什么都好，好让我觉得一切都还正常。可是他真的开口了，我又更加紧张惊惶，不知道如何回答。我吃得很少，很快。

"你姨妈没有教你用餐礼仪，要把盘里的食物吃完吗？"蒂尔先生问。

我瞪了他一眼，这又不关他的事。我不理他，只管问麦克："你没回去吃午饭，你妈妈不会担心吗？"

"她为什么要担心？她知道我在哪里呀。"麦克回答。

"可她怎么会知道你要在这里吃午饭？"我追问。

"呃，她跟我说我爱待多久就待多久，起码这一阵子没关系……"

"所以，你是来这里监视我的。"我说。麦克听了很不自在，转头去看蒂尔先生。不知为什么，他这个动作令我很愤怒，而且还不是那种跺跺脚的生气，而是令人感到全身都被灼热的怒火包围。我瞪着他们两个人。蒂尔先生正想开口说话，我看出来了，不等他开口就抢先发言。

"我不需要任何人照顾！"我冷冷地对他们说，"以前也没有人照顾我，不是吗？现在你们突然这么关心起我来——"

我一时想不出什么足够刻薄的字眼，于是说到一半打住了，然后平静地折好餐巾，起身离开餐桌，镇定地走出餐厅，再走出大门。一走出大门，我便立刻拔腿狂奔，趁别人看见我的泪水之前赶快逃走。我冲进树林，奔向瀑布。

第十三章

谁都不可信任

越过河岸浅滩，走向卡兰德先生的大宅时，我已经止住了眼泪。我想我的样子一定很狼狈，刚才我把鞋袜都留在河岸边了，在林间野地里一路狂奔，也不管是否会被树枝擦伤。卡兰德先生一见到我，就在我身旁跪下来，用温柔的眼神看着我说："亲爱的，发生什么事了？"

我摇摇头，无法向他解释我怎么会跑过来，就连我自己也不明白为什么。我只有一个感觉：我很孤单、害怕，我生所有人的气。许多事情都是我无法理解的，我感到很无助。

卡兰德先生紧盯着我的脸，追问道："是他对你不好吗？你不用瞒我了，我知道我姐姐和他一起生活有多可怜。不管是什么问题，琼，一定会妥善解决的。"

他的这句话把我拉回了现实，因为我知道——不只是感觉，而是知道一个事实——那就是一切都不会妥善解决的，永远都不会。

他一定从我的表情之中看出什么来了。

"好一点了吗？"他问。

我这才发现他也离开了家里，一个人在外面。他跪着，和我面对面。他的声音安详而温暖，安慰着我，然而双眼却炯炯有神地盯着我，像要看穿我的内心。他一边把手帕递给我，一边问："出什么事了啊？"

我连着擤了好几次鼻涕，然后想到自己都不知道该相信什么人了，于是我答道："没什么。"接着我想起了一件事可以满足他的关心，就告诉他："前两天我生病了，好像是食物中毒，不知道你们大家都还好吗？"

他听了之后大吃一惊。我很确定，起码当时很确定他的表情确实非常惊讶。他说："你应该看得出来，我很好，我的家人也都很好，真的。那是什么时候的事？"

"星期天。"

"大宅里的人都好吗？你看过医生了吗？"

我点点头，随后说："啊，对不起，你是要去镇上吗？我耽误你的时间了。"

"不要紧，我改天再去。我们去散散步好吗？去一个没人打扰的地方。你这小姑娘看起来很需要一个朋友。"他说着站起来，拍拍膝盖上的尘土，再转头看看他家的房子。我顺着他的目光看去，没有看见任何人。我们便慢慢地沿着河边的小路往前走。

"你真的不想跟我说吗？"他柔声地问，"你可以告诉我的，什么事情都可以跟我说，我想做你的朋友。但如果你不想说，我也可以谅解。你想要的，我猜，只是朋友的安慰，只是想像现在这样随意走走，闲聊几句，好让你暂时忘记那些烦恼的事，不管是什么事，对不对？"

他似乎很了解我，我只能感激他的体贴。

"你毕竟还是个孩子。"他微笑着垂眼看我，金发在阳光下闪着耀眼的光泽，他的双眼闪动着友善的深蓝色光芒，"平时你总是那么稳重，让人忘记你还是个孩子。可在你冷静的外表下，隐藏着丰富的感情，是吧？"

我难为情地承认他说得很对。

"我很高兴，你觉得可以来找我寻求安慰，"他接着说，"我想我开始了解你了。我姐姐艾琳也有深刻的感情，也总是掩饰起来，不过我一向都很了解。其他人似乎从来没有注意过她真实的一面，你的蒂尔先生甚至连想都没想过。可怜的艾琳。"

"你姐姐是一个什么样的人？"我问道。此刻我觉得在卡兰德一家人中，艾琳才是我最喜欢的人，我喜欢她甚至胜过了伊诺克·卡兰德先生。但这似乎有点奇怪。

"她个子高高的，皮肤有点黑，并不算漂亮，却是你见过的最忠诚的人，而且心地很善良。她一向不善交际，总是独自站在一旁。她有些笨拙，因而很害羞。但她又很聪明，能马上就看出那些追求她的男人是否是因为贪图她的财产。有时她也会问我对某个人的看法和意见，我总是照实说，从不撒谎。我太爱她了，绝不能骗她。我跟她说过，我对她的看法是绝不会改变的，再多的订婚戒指也都改变不了她。她常常帮助我摆脱困境，帮了许多次。只有艾琳能说动我，让我看出其他人没法让我看出的道理。我知道自己可以信任她。你瞧，她就是这样的一个人。如果她要我别做某件事，我一定会三思而行的。"想起往事，他笑了笑，接着说道："但我也不是一直都听她的话。但即使这样，她也从不生我的气，从来不记仇。起初，她是不赞成我和佩西拉结婚的。"

"为什么？"我不解地问。

"她觉得我那时候太年轻。或许她是对的。她还说佩西拉不够坚强，而且太爱我了。她说得很对，我很快就明白她的意思了。然而我姐姐从来不幸灾乐祸，袖手旁观，她总是尽量帮我的忙，不论是花钱还是花心思。她也常听佩西拉倒苦水。至于我父亲——"他的声音突然变了调，在此之前，他谈到姐姐时语调一直很愉快。

"你父亲？"我问他。

"我亲爱的父亲说佩西拉不够富有，供不起我的花费。我让他替我出点力，他却不肯。那时我很年轻，又刚刚坠入爱河，听不进他的话。后来，他说我们要敢做敢当，自己负责。我和佩西拉结婚后，艾琳经常过来帮忙处理家务，教佩西拉如何管理厨子和仆人，甚至如何教养孩子。佩西拉一直都应付不来这些家务。艾琳还帮我们照顾孩子，她很疼他们。当然，自从她结婚后，这一切就都改变了。"

"为什么会改变？你们住得不是很近吗？"

卡兰德先生垂眼看着我，蓝眼珠闪烁了一下，有些激动地说："你可别说你没有注意到，我都不打算掩饰，你就更用不着跟我假装了——你的老板和我之间根本没有感情。得了，琼，你可以对我说真话的。"

"哦，那个呀，是啊，我知道。"

"我姐姐变了，"卡兰德先生说，"我那可怜的、温柔的姐姐，嫁给了一个当过逃兵的人，那家伙除了自己的画以外什么都不关心。我姐姐过得并不快乐，也因此疏远我们。那家伙很自私，根本不会替别人着想，你一定已经发觉他这种性格了——"他不等我回答，只管往下说着，"还有那个小孩，他或许也是一样对待。你想象一下那孩子独自和他在大宅里生活，日复一日，度日如年，却又不得不依赖他……我也帮不了那孩子多少忙，因为他不让我到他家里去。反正我也不想去。但即便如此，我一想到……我甚至还寻找过那孩子的下落，比她的爸爸还更认真地找过。"

"是吗？"

"根据我父亲的遗嘱，我妻子得到了一笔遗产，我便花钱雇了私家侦探去查。但可惜那笔遗产并不多，没过多久就用完了。他们——那个孩子和那身份不明的保姆——两人就这么凭空消失了。我很焦急，不放过任何线索，坚持要侦探继续追踪，直到我再也付不出钱来。而可恶的老丹再也不肯多给我钱了。"

"你恨蒂尔先生？"我若有所悟地说，以前我从来没有意识到这一点。

"不然你以为呢？他毁了我的一生。你大概不知道吧？根据我那个有钱老爸的慷慨遗嘱，我可以领取一笔生活费，"他的语调变得尖酸刻薄起来，"可老丹每次只发一点点给我，我每个星期领取两次生活费，每次都要到银行出纳员那里去伸手要钱。我们被困在这里了，我被困住了，而钱全都在他那里……"

一提到钱，他的双眼闪出冰冷的蓝光。这时我们已走到浅滩附近，并肩坐在一块大石头上。他继续说着，仿佛不是在跟我说话，而是在跟一个比我更熟悉他的人交谈，那个人彻底了解他的生活，也很清楚他的个性。

"不过呢，活下去的方法不止一种。对于一个深具想象力和勇气的人来说，生活提供了许多。艾琳了解这一点，她也了解我，然而她却死了。"说到这里，他握拳猛捶膝盖，慨叹道："而我也落到了这种地步！"接着他又说："儿子应该继承遗产，我会把他们接来一起住，我会照顾她的，照顾他们，甚至照顾老丹，艾琳也一定是希望这样的。我有许多计划，不错的计划，而且绝对不会失败。我打算把军火工厂买回来，这个世界随时都有需要枪弹的地方，因为人啊，哎，很像战争贩子。只要投资这一行，准保赚大钱。我承认，我交错了一些朋友，这个我很清楚，但我从来没想过把那些人带到家里来。我一向谨慎，那些人有不少构想，只欠资金。我绝不会让我的家人、让尊贵的卡兰德家族卷进去的，这点我会很小心。"

他猛地住口了，好像这才突然发现坐在一旁聆听的是我。他有些不自然地问道："你觉得怎么样呢，温赖特小姐？如果是你，你会怎么应付我这种弟弟？"他露出了笑容，但眼神依旧寒冷如冰。

这是一次试探，我可以感觉得出，他似乎在密切关注我的答复。我们面前是宽阔的河流，头顶的枝叶在微风中摇曳低语。我想象着卡兰德先生的生活有多么孤寂，才使他如此在意我对他的看法。他被带离原先的生长环境，试着在不合适的环境中生存……他在等着我回答，于是我仔细地思考着，但并不是在思索该对他说什么，而是在想着康丝坦姨妈会怎么形容这里的山岭之美，蒂尔先生会如何描绘此地的景物有力而不失纯真可爱。我想着坐在身边的卡兰德先生正置身在一圈高低起伏的山峦间，坐在一块庞大坚硬像从地底迸出来的巨石上，他金发灿然，穿着一件洁净的麻质白衬衫，皮靴擦得锃亮，正低头盯着自己的脚尖。

他告诉我的某些事情，和我从卡兰德文件里得知的事实并不相符。他姐姐真的不快乐吗？蒂尔先生真是他所形容的那种人吗？卡兰德先生领到的生活费真的很少吗？而他的脸——我亲眼目睹他谈到财产时变化不定的表情——那是一张贪婪的脸吗？最后我回答："我不知道。"

那是我所能想到的最贴切的答案，但也是个谎言。我当然不知道该怎么做，或许我会和艾琳及蒂尔先生采取同样的做法。我会困扰不安，也会尽量在合理的范围内对他慷慨，却无法相信他。如果我是他的姐姐，我可能会爱他，却无法信任他。这真是个可怕的想法。

但卡兰德先生非要我完整地回答不可，他说："你对我不够真诚。"

我注视着他，泪水涌上眼眶。他或许是个好人，很有才华，优雅机智，见多识广，凡他所到所住之处都愉悦而舒适。然而他究竟欠缺了什么，让我终究明白他不可信任呢？

“我会照顾这样的兄弟，并竭尽全力协助他成为最好的人。”我回答。

他笑了起来，继而说："你知道吗？好人全都一个样，他们的心都是一个模子造出来的。"

“我不懂。”我说。

“你用不着懂，我也不认为你会懂。”他告诉我。

“我惹你生气了？我不是故意的。”我说。

“你说实话怎么会惹我生气呢？”他说道，“我走神了——抱歉，在你陪着我的时候，我却想着别的事情。我跟你说，你必须学着更会表现自己，否则没人会注意你的。总是静静地待在角落里，不会引人注目。不过你的确很有个性，你可以利用这个优点来弥补……哎，我伤到你了？我不是故意的！但这是事实，你得脸皮厚一些才能应付生活,亲爱的。噢，我又忘了……有时我真自私，我自己都讨厌自己了。"他朝我亲热地笑笑，又问："你刚才不是说，你前两天病了，还说你有烦恼，那我有没有转移你的注意力，让你不去想烦恼的事了？至少少烦恼一点了？"

我站在河岸边，转过身答道："有。"连我自己都对这个回答感到意外。他坐在石头上打量我，一脸有趣的神情。

“那我就成功了，是吧？我就希望这样，我能安慰你，而这正是你所需要的。”

等我走到河对岸时，他已经起身走了。

第十四章

真相坠落

　　我慢吞吞地找着鞋袜，期望能够一个人不受干扰地沿着小河走回去。刚才卡兰德先生的确成功地转移了我的注意力，或许真是出于这个目的，他才跟我说了那么一大篇故事。这故事让我感到悲哀，并不是因为我为他的遭遇而难过，而是因为他表露出了自己真实的一面。像他这样一个口若悬河、谈吐不俗的人，却不够真诚，现在我甚至怀疑他也不够善良。这一点让我很苦恼。更让我苦恼的是，我的内心升起了一个疑问：如果一个人说谎，却又敢于坦白自己在说谎，那么，他是否还算是在说谎呢？如果一个人坦承自己不想当好人，那这种行径算不算欺骗呢？可怜的艾琳·蒂尔，我心里想，她一生都在照顾和关爱这样的一个弟弟。难怪她会被蒂尔先生所吸引，因为蒂尔先生虽然有这样那样的缺点，但至少是完全诚实的。或者，她也被蒂尔先生欺骗了？我很好奇，她是否也会像对她的弟弟一样，对丈夫深感失望呢？

接着我想到了康丝坦姨妈，想到她那冷静稳重、深思熟虑的个性。艾琳不应该结婚的，她应该跟康丝坦姨妈一起生活和工作，就像我这样。这么一来，她至少可以享有一点平静。

走到瀑布旁的林间空地时，我心中已积满了对这两个男人的怒气。我沿着小径一路低头看着地面，使劲跺着脚一步一步地往前走。我能确定艾琳全心全意地爱着自己的丈夫，但蒂尔先生是否也爱她，我却感到很怀疑。我甚至怀疑蒂尔先生有没有感受爱的能力。我用力踏着步子，脚步声在耳边回响。

麦克在小径的尽头等我，一见我就说："他要我去找你回来。你到哪儿去了？"

"去找卡兰德先生了。"

"为什么？"

我也不知道为什么，因此没有回答。

"你最好走快点。"麦克警告我。

但我并没有加快脚步。

蒂尔先生在图书室等着我们。他站在壁炉前面，生气地

绷着一张脸，脸色看起来更加阴沉。他并没有给麦克和我开
口的机会，一见面就冲着我说："你给我回剑桥去。"他的语气
很冷淡，但我仍能感觉到那强烈而炽热的怒气。他接着说道：
"在离开我的监护之前，你还是得待在这幢房子里，明白吗？
你搭星期五的火车回温赖特小姐那里，我明天就打电报通知
你姨妈。"

我瞪着他。他没有权利以这种口气跟我说话，我或许是
他雇来的员工，但绝不是他的奴仆。除非我乐意，否则我才
不会服从他的指令，也不会对谎言屈服。我紧闭着嘴，他不
能强迫我回答，但我也不得不承认，我没有勇气跟他争执。

"可是，先生——"麦克开口道。

蒂尔先生马上转头对他说："还有你，年轻人，在琼离开
之前请你不要到这里来。我并不怪你，但是此时此刻，我并
不觉得你能对她有好的影响。你不来她才会少淘气一些。你
愿意答应我吗？"

"好的，先生。"麦克答道。他的声音有些颤抖，脊背却
挺得笔直。

我送麦克到大门。麦克说："他真的发火了。"我们一走出
走道，脱离了蒂尔先生的视线之后，麦克才吁了一口气说道：
"我原以为我爸就已经很会训人了，但跟他比起来……"他摇
摇头，随即又朝我咧嘴笑笑，说了一句："他真的发火了。"

"我才不管他，我也火了。"我赌气道。

"你们两个可真是绝配。"麦克说道，"我真想不通，你们怎么能处在同一个屋檐下这么久。"他依然带着笑，我这才开始发觉他话里的弦外之音。蒂尔先生和我都很倔强固执，此刻也都怒火中烧。我很清楚自己愤怒的原因：我对卡兰德先生的个性感到苦恼和失望，又觉得他们两个男人都在利用艾琳善良的天性，因此在替她打抱不平。我还气蒂尔先生不告诉我这些事。更重要的是，恐惧像一阵阴风似地向我袭来，我为自己而担惊受怕。可是，蒂尔先生凭什么生气呢？他只消把我当成不称职的员工，开除我就好了。

那天晚上，我们在令人不快的缄默中开始用餐。菜色有鳟鱼，还有巴沃太太在菜园里种的土豆和青豆。大家都不说话，只听见刀叉碰撞餐盘的声响。我连看都不看蒂尔先生。如果我的年龄再大一点，我会请求巴沃太太直接把晚餐端进我的房里。

最后蒂尔先生终于打破沉默，说道："我没想到你姨妈会教出一个这么别扭的孩子。"

我听不出他这是什么意思，于是抬起头看着他。但从他脸上也看不出什么名堂，我只好又低下头继续吃。

"我很难过，你在这里过得那么不快乐。"他又说了一句，语气之间再次浮现怒意。

"没关系，反正我已经做好该做的工作了。"

"是啊，你是做好了。"他淡淡地回应一句，好像承认这一点让他很痛苦似的。

"你希望我在马波罗这最后的几天，搬到别的地方去住吗？我可以去卡兰德家，直到我离开。"我提议道。

"你不能这么做——我不许你搬走！"他斩钉截铁地说。

我静静放下餐具，默默地注视着他。

"你就没想过，你很可能就是在那里吃了有毒的东西吗？"他质问道，"孩子，你怎么会这么粗心又不用大脑呢？"

他竟然指责我不用大脑？！我终于忍无可忍了，但我的语调却依然镇定，我愉快地听着自己冷静地说："不，先生，我倒觉得我有可能是在这里中毒的。这当然只是一种推测，不过你可能也早就想过了，知道我早就仔细地思考过这个问题了。我并非不用大脑，请恕我这样自夸。既然你可以指责我，我也可以告诉你我此刻的想法——我认为你是在嫉妒卡兰德先生。"

他发出一声高亢的干笑，却没有半点高兴的意味，接着他问："嫉妒？我为什么要嫉妒他？"

他冷漠又不近人情的个性更加激怒了我，于是我不客气地说："他比你强太多了！至少他不会把一个天真的女孩带到危险的处境中，而且事先丝毫不向她提出警告！"我听见自己的声音有些哽咽，不禁沮丧起来。

巴沃太太过来，默默地端走了餐盘。

她离开后，蒂尔先生又说话了，这回他的声音出奇的温和。"你说得对，琼，我对孩子一无所知。"我诧异地抬起头看着他，看见他脸色苍白，满脸都是疲惫，只剩下两只眼睛还有生命的迹象。他接着说道："你的年纪太小，而我对你期望又太高了。你说得对，你还是跟你康丝坦姨妈一起住要好得多。"

他温和的态度原本可以软化我的，我却又无法忍受他的谎言。我责备他："你在说谎。"我也不明白自己为什么这么失望，非要揭穿他不可。"你有个孩子，我知道，即便你一直瞒着这件事，像藏着什么见不得人的秘密似的。"

他闻言神色一变，整张脸像又活了过来。我冷眼盯着他极力地控制着表情。

"我不知道你为什么要说谎，可是你休想骗过我。"我说。

巴沃太太站在餐桌旁，两手端着一个烤苹果布丁，脸色苍白，神情惊惶，两眼直盯着蒂尔先生。

"卡兰德先生起码还请过私家侦探去找那个孩子，起码他还努力过。"我继续说道，"而你呢？你什么也没做！"我说完便等着听他如何为自己辩解。

但蒂尔先生只是隔着餐桌看着我。

"先生，"巴沃太太开口了，"你不——"

"闭嘴！"他吼出一句，"把那玩意儿拿进厨房，我们明天再吃！"

巴沃太太虽然害怕，但仍再次试着说："可是先生——"

现在我才明白谁是幕后指挥巴沃太太的人，只是我仍旧没搞清楚他为什么要这么做。

"不许多说！"他打断了她的话，"温赖特小姐很快就要离开了，她看起来很累，应该让她马上上床休息。吃这么腻的甜点会让她做噩梦的。"

我再次离开餐桌，这回板着脸一言不发。他或许可以威吓巴沃太太，或许可以管住村里人的舌头，也可以操控他的妻子听从他的吩咐，但他操控不了我！

"我向你道晚安。"我站在门口对他说。

"晚安。"他坐在椅子里抬眼答道，这时他的怒气已经消失了，只剩下疲惫，"明天等你醒来的时候，我已经出去了，但你不准离开这座房子。"

我没有回答。他紧盯着我的眼睛，直到我转身离去。

你可以预料得到，第二天早上一吃完早餐，我便溜出了大宅。吃早餐的时候，我一直在尝试和巴沃太太交谈，她却极力抗拒。可怜的巴沃太太，她完全没想到我会违抗蒂尔先生的命令。

我拿着一本书，走到瀑布旁的林间空地，坐在茂密的草地上打算看书。这是个阳光普照的温暖的早晨，河水淙淙地流向瀑布，满耳都是哗啦啦的水声。我交叠起双腿坐在草地上晒太阳，并没有立刻打开书本。

回想起昨晚与蒂尔先生的争执，我找不出任何借口为自己的行为辩解，我已经不太确定自己是否遵循了康丝坦姨妈的教诲。我的老板是不尊重我，但我那样做也是同样不尊重他。更何况，不管他的态度如何恶劣，都不是我言行失当的借口。尤其是，我不应该把那个孩子的事牵扯进来，以此来证明卡兰德先生再怎么样都比他好。我知道我的这种做法是不可原谅的。我或许可以替自己找到一个借口，卡兰德先生不是说只有他才试着找过那个孩子？但我仍旧欠蒂尔先生一句道歉。

突然间，我倒抽了一口凉气，胸口猛地胀痛起来。

一个极其荒谬的念头浮上了我的心头！

接着我笑了起来，笑声尖锐而哀伤——卡兰德先生还说我缺乏想象力呢！

置身在这孤寂无人的林间空地，在淙淙的流水声中，我听见自己的笑声在回荡。我不禁想到昨晚我指责蒂尔先生嫉妒时，他发出的刺耳的苦笑声。

那真是个荒诞可笑的想法。

我必须好好想一想，必须非常小心，因为如果我这次猜想得没错，那这一切就都解释得通了。我很确定，当卡兰德先生说他试着找寻她——孩子时，是指那个孩子是个女孩。

艾琳·蒂尔曾在短笺里说，她的孩子会很安全，那还有什么地方会比她的老朋友康丝坦·温赖特那里更安全呢？至于那个保姆是如何把孩子送到姨妈那里的，我想象不出来，但我可以推测出那孩子的年龄。由于艾琳是在结婚四年之后去世的，再加上卡兰德先生告诉我那孩子逐渐长大，我推测孩子可能是在一八八一年或者一八八二年出生的，现在快满十三岁了。

跟我同年。

但我完全不记得任何貌似女巫的身影了，完全没有这样的印象，不过我的梦中的确出现一个披着斗篷的黑暗身影。

遗嘱里的那个J，可能是代表"珍娜"（Janet）或者"杰西卡"（Jessica），也可能是代表"琼"（Jean），之前我从来没想到这一点。

康丝坦姨妈也说过，我被送到她那里时，还是个不懂事的婴儿。所谓不懂事的婴儿到底是指多大？这很难说。然而卡兰德先生猜出了我的名字，这也同样很不容易。或许那就是他刻意安排的一场游戏，来"猜中"我的名字。但这种假设同样荒谬，除非我的年龄和容貌引起了他的怀疑。果真如此，那就可以解释他为什么会对我百般奉承讨好了。但与此同时，我也就被他视为造成他家庭不幸的祸首，如果我就是艾琳·蒂尔的女儿，如果蒂尔先生，一直显得非常不喜欢我的蒂尔先生就是我的——

我还没有办法，甚至心里我都说不出那个字眼。

但如果真的是这样，康丝坦姨妈为什么还会让我来马波罗呢？蒂尔先生为什么会请我来？又为什么会有人想毒害我呢？当然，经过仔细的思考，我想通了一点：如果有人想除掉我，除非我人在马波罗，否则他很难下手；至于原因，那就是如果我是艾琳·蒂尔的女儿，那么我便继承了卡兰德家的财产。

我决心一回到剑桥，便去向康丝坦姨妈问个清楚。我知道，我也可以问蒂尔先生，但如果他是我的……父亲，却执意守口如瓶，不愿告诉我真相，那也就等于他在遗弃我多年以后，又在设法把我骗回马波罗。如果他不愿意和我这个女儿相认，我也不想强迫他承认。

可到底是谁呢？我很好奇，到底是谁那么想要得到卡兰德家的财产，甚至不惜杀害艾琳·蒂尔？就是她的弟弟伊诺克吗？可是他爱她呀。还是她的丈夫？但前提是那孩子下落不明，或者死了，他才会是最大的受益人。那是约瑟夫，维多利亚或者本杰明？他们对我有敌意，以前我以为那是因为他们的父亲喜爱我，他们有些吃醋，现在看来，难道是因为我拥有他们所渴望得到的东西？

但我并没有拥有那些东西，也不想拥有。我只想属于康丝坦姨妈。我跟姨妈多年来相依为命，那深厚的感情与关爱已把我们紧紧地系在一起。我不想当那个人的女儿。就我目前所见，那个人对自己的妻子和女儿都没有爱意，将她们拒绝在他的心扉之外。不论他是基于什么理由遗弃我的，我都不想当琼·蒂尔。琼·蒂尔，这名字在我的心头一再重复，琼·蒂尔。

蓦地，一个声音在我心头思绪之外响起，呼喊着："琼·蒂尔！"

我吓了一跳，抬起头一看，只见卡兰德先生正站在瀑布的另一端。他穿着一件白色的麻质外套，头戴巴拿马帽，两手悠闲地插在长裤口袋里，一副打算在市区街道散步的潇洒模样。即使隔着一段距离，他那双蓝眸还是那么耀眼，目光灼灼地盯着我。

"我不知道我是否泄露了老丹的小把戏，你早就知道了吧？"他问。

"知道什么？"我站起来。

"你骗不了我，琼·蒂尔。不，别逃走，现在我们也该开诚布公地谈谈了。我很熟悉你那个表情，我太常在你妈妈的脸上看见了。你不会从我身边逃走吧？嗯？你用不着躲我。"

他转身从树枝间取出那块木板。他的帽子掉落在地上，露出一头金发在阳光下闪烁。随后他把木板拿到瀑布顶上，轻轻地放下，搭成了一座桥。

　　我愣愣地看着他的动作，我很想逃跑，却一动也动不了。我无法相信他杀害了自己的姐姐。我走到木板前，如果他想踏上木板走过来，那我就把木板挪开来阻止他。我不能再相信任何人了。"站在那里别动。"我喊着。

　　"你可以信任我。"他也高喊着，"你想想看，我一眼就看出你足够聪明，能够搞清楚这一切是怎么回事。老丹脱不了身的，我可以向你保证，我不会让他得逞的。我不会静静地坐着等他行动，这次不会了。"

　　"你知道多久了？"我问道。真奇怪，当你一旦明了真相后，不论它有多么令人震惊，你还是能够完全接受。

　　"从我第一次在这里看见你，我就知道了。那时你并没有看到我。你长得很像她，你妈妈，我绝不会认错的。老丹大概不知道你有多像她吧？像得叫人一眼就能看穿他的阴谋！而你呢，你不了解丹·蒂尔，他那种人若不是为了个人的原因，是绝不会对一所女校感兴趣的。当你那么热情地把你的一切告诉我时，就更加证实了我的猜测。多年前，我居然浪费了那么多钱去请什么私家侦探，我应该亲自去找你的。"

　　"为什么？"

　　"你很聪明，应该不用我回答这个问题。"

　　"是为了钱吗？"我自己答道，"但是你并不穷啊。"

　　"应该说，我还可以更有钱，我本来有权利继承遗产的……

哎，隔这么远喊话怪好笑的。"他说着便提起穿着皮靴的脚，准备踏上木板。

"别过来！"我连忙制止他，一边弯下腰两手抓住木板的这一端。他瞪了我好一会儿，然后耸耸肩笑着说："随你吧。我问你，那你知道多久了？"

"就是刚才，我刚刚才想通的，先前我一直不太确定。"我告诉他。

"那你还没有我想象的聪明。你像极了你妈，聪明到一定程度之后就变得感情用事。你应该小心地不犯这个毛病，亲爱的，要切忌你妈妈犯过的错。"

"你这话是什么意思？"

"本来一切都很好的，直到她嫁给了丹·蒂尔。父亲年纪大了，活不了多久，这我很清楚。我要她离开老丹——当然要带着你——我们可以像以前那样生活，我会照顾你们母女俩，但可不包括她的丈夫。父亲把他的遗嘱给我看过，我想他是希望我能改过自新。艾琳认为丹很可靠，可是她已经被丹从我身边抢走了，这一点她甚至不愿意承认！她简直瞎了眼！"

这时他快步走上前来，我立刻抬起木板了。他忽然就跌倒了，我连忙松手放开木板。他倒在那头的地上蜷曲着身体，两手紧抓着脚踝，肩膀内缩，一脸痛苦的表情。

"你在干什么呀？"他呻吟着，声音几乎被奔流的水声盖过。

"我去找人来帮忙，很快就来。对不起，我不是故意的。"

"不是那个方向！去找我妻子，约瑟夫跑得比你快，让他去请医生。拜托你，琼。"他看上去在竭力忍着痛，但仍掩饰不住语气里的痛苦。

我知道他说得对，蒂尔先生并不在家，他驾着马车出去了。于是我颤巍巍地踏上木板，努力保持着身体的平衡，想尽快走过去，两眼紧盯着自己的光脚丫。

因此，直到我发觉脚下的木板在移动时，才抬起头来，发现卡兰德先生站得直挺挺的踩在木板的另一端。他微笑地看着我说："你就跟你妈一样傻。我问你，穿着硬皮靴的人怎么会扭到脚踝呢？"

我抬起下巴，不让他看出我有多恐惧。我的脑子在拼命地仔细思考着：我比艾琳的年纪小很多，体重也轻，就算我摔下去，生还的概率也会比较大。我不由自主地往下看去，下方水潭的水面上遍布着石头，喷涌着水花浮沫。我告诉自己，现在的天气比多年前艾琳落水时要温暖得多，同时尽可能不去想要等多久以后才会有人来找我。在蒂尔先生发电报回来之前？还是麦克会来找我？可是，麦克已答应不来大宅了。

想到这里，我不禁生起气来——这下蒂尔先生真是活该！

"但也许并不那么像，"卡兰德先生接着说道，"你也有像你爸爸的地方，不是吗？你遗传了他的强硬。你知道艾琳以前是怎么跟我说吗？她说——"他笑了起来，仿佛那想法很荒唐可笑似的，"她说我是逼她在我们——丹和我之间——做出选择。我问她：'那还有什么好选择的？'她没有回答我。"他说完便举步踏上木板桥，直直地走过来。

"当时，我不知道，我想我可能是吓到她了。女人总是很容易就受到惊吓，佩西拉就是。我在木板上跳着，她叫道：'伊诺克，别跳！'就像我小时候那样。可是那时我已经不小了，我又跳了一下，她就摔了下去。天色很暗，我什么也看不见。我喊她，她却不答应。如果是你，你会怎么想？我想她已经死了。那是个意外，那只是个意外，你懂吗？"

这一刻我什么都看不见了，泪水模糊了双眼，接着滚落我的面颊。"你明知道她在哪里，你一直都知道，大家都在找她，你也跟着找……"

"我想她已经死了。你是个理智的人，应该试着站在我的立场想一想。我以为她已经死了，我怎么知道她其实还没死呢？那么，根据遗嘱，我至少可以继承一半的财产；但如果找到她的人是我，而且又是在这个奇怪的地点找到的，谁会相信这件事跟我没有关联呢？所以，我不能找到她。后来，我听到她还没死，我真的吓坏了。"

看他的表情就知道，当时他真的吓坏了。

"他们说，要不是这么久以后才找到她的，她就能活下来了。我怎么会知道？谁会知道呢？其实我并不想杀死她，如果她当时答应我一声，我会救她的。她爱我。"

这时我真的有些怜悯他了，为了他原本可以达到的成就；但同时我又恨他，为了他过去的行为；而我更怕他，为了他可能会做的事。

"我最后一次见她她就是这个模样，艾琳，最后一次。"他的语气里毫无感情，没有欢笑，也没有悲伤，什么都没有，"现在跟我回家吧，琼，我们会很快乐的。我们可以搬去纽约。如果你喜欢，我们也可以旅居各地，我会照顾你的，会待你跟我们家的孩子一样。"他走向我，朝我伸出一只手。

我本能地往后退，他又逼上前来，走到了瀑布上方，以马戏团空中飞人般俊朗优雅的姿态，一步步逼近我。此刻，我根本鼓不起应付眼前的情况所需要的意志力或者勇气。

我脚下的木板略微下沉，继而又弹了起来。他目不转睛地盯着我，对着我的眼睛微笑，柔声地说着："适者生存，每次都一样。"

木板又晃动了一下，我本能地摊开双臂以保持平衡。

蓦地，一声尖锐可怕的吼声划破了沉寂，有如皮鞭在空气中猛抽了一下。有人以愤怒急促的口吻喝令我："琼！快转过来，现在就转过来！"

卡兰德先生望向我身后的林间空地，目光如火般燃烧着。

"快点！快跳！"那声音喝令着。

我转身奋力一跳，一双赤脚落在木板上，身体跟着摔向河谷的边缘。距离太远了，我无法整个身体跳到岸上。一双强壮的臂膀及时抓住了我的手腕，抓得我好痛，那臂膀再慢慢把我拖上岸去。我回头去看卡兰德先生，见他那头金发和白衫在阳光下闪耀着，他正极力在木板上稳住身体，但那木板经过我刚才猛地一跳，仍在剧烈地摇晃着。他很快失去了重心，整个人倒栽下去，木板也跟着他一起往下坠落。

第十五章
画中的母女

蒂尔先生紧紧地抱住了我，把我搂在他的臂弯里，直到我不再颤抖。然后他问我："你还好吗？"他一边伸手摸着我的头，一边安慰我："别哭，别哭，现在没事了，没事了。我应该早点告诉你的，我不该瞒着你。孩子，孩子，你现在安全了。"

"是他害了她。"我说。

"我知道。"蒂尔先生不耐烦地答道。

"他不是故意的。"我说。我不知道他怎么能听见我的话，因为他正把我紧紧地搂在怀里，把我的脸埋在他的衣襟里。

"我想他不是的，他真的很爱她。"他也说。

"你是我爸爸。"我又说。

"是的，我是。"他答道，笑了起来，我能感觉到他的胸口在震动，"昨晚吃晚餐时，不是已经很明显了吗？"

"丹尼尔？"一个熟悉的声音叫唤着。是康丝坦姨妈！她在蒂尔先生身后上气不接下气地喊着："你去看看伊诺克吧，他在动，但好像不能开口说话了。"

我立刻坐了起来。康丝坦姨妈是从树林里一路跑上山来的，跑得气喘吁吁，一脸狼狈。

"康丝坦姨妈！"我惊讶地叫起来。她边跑边低头弯腰，避开头顶的树枝，她的斗篷衬出了一个驼背的身影。

"你真傻。"她一见面就数落我，喘着气伸直腰，一手按着胸口，半晌才又说："我真高兴看到你没事。丹尼尔，你不去看看伊诺克吗？"

"好。"他说道，我们一起站了起来。康丝坦姨妈陪着我，看着他慢慢地爬下河谷。

"你最好别往下看。"康丝坦姨妈叮嘱我。

"你怎么会在这里的？"我问道，此刻我还无法清醒地思考。

"我一收到丹尼尔最近的一封信，就马上动身赶来了。"她答道，"我很担心你，今早到了火车站，我就雇了一辆马车往这边赶。幸好刚才我和丹尼尔在路上遇见了，要不然……"

要不然会怎样，这会儿我还想不出来。

"伊诺克的两条手臂还可以动，但看样子两条腿动不了了。"蒂尔先生——我的爸爸——回来报告情况，"他好像也不能说话了，我去找麦克威廉斯医生来。在弄清楚他的状况之前，我们最好先不要移动他。我再下去看看，好吗？"

康丝坦姨妈也同意这么做。见他看看我，我朝他轻轻地一笑，没想到竟然有点害羞。

"好，唔，这样很好。"他不知所措地胡乱应了一句，我感觉他好像很开心。接着他又说："或许比我想象的还要好呢。你们在这里等着好吗？不要让他一个人留在那里。"

此时我们三个人正站在林间的空地上，康丝坦姨妈弯腰护着我，握住我的手，蒂尔先生两手按在我的肩上。我站在他们俩中间，一时之间还是无法理清混乱的思绪。

忽然传来一阵窸窣声，就像有一头鹿窜出了树林似的，麦克出现在瀑布的另一端。他飞快地瞟了我们一眼，继续往前冲去，冲到河上游时，他纵身跃入了河水中，一边狂乱地拨着水花，一边大喊着："喂！你们放开她！"

我们三人都愣在了那里，康丝坦姨妈随即弯腰揽住了我。麦克走在齐大腿深的河水里，吃力地前进着。他的脸颊有擦伤，衬衫也被划破了。最后他奋力爬上岸，跌跌撞撞地走向我们，低着头，冷不防一头撞向了我爸爸的身上，撞得他往后退了一步。

　　"放她走！"麦克喘着气大吼着，抢起了拳头。我爸爸抓住麦克的双手，让他整个身体转过来，两手便交叉着扭到了前胸。麦克拼命地挣扎着，两脚不停地乱踢，想要挣脱，一边还在喘息着大喊："琼！快来帮忙啊！不，你赶快跑吧，她

太老了，跑不动的。你快跑到大宅去，去告诉我爸，琼！"他催促着我："快去告诉他，那个保姆又回来了！他知道该怎么做的。快跑啊！"

我笑出了声。我明知不该笑，可就是忍不住。麦克一见我笑，立刻停止了挣扎，转头去看着我爸爸。

"我可以请问一下这位是谁吗？你的朋友？"康丝坦姨妈问我，接着站直身，拉下了斗篷的头罩。麦克登时张口结舌。

"这是奥利夫·麦克威廉斯，大家都叫他麦克。让我来介绍一下吧，这位是康丝坦·温赖特小姐。"

麦克的脸瞬时涨得通红，随后说道："你可以放开我了，先生，我好像……呃，搞错了。"

"我知道你是出于好意。"我爸爸告诉麦克，他的黑眼睛里带着笑意，却又强忍着不让自己绽出笑容。他接着又说："我想我明白你为什么要突然攻击我们，因为你想保护我的女儿。"

"你的脸怎么了，麦克？"我问。

"我刚才跟约瑟夫吵了一架。"他告诉我，两眼发着光，继续说着，"我发现——是我爸告诉我的——他们都病了。等卡兰德先生出门的时候，卡兰德太太才终于下山来找我爸爸去看病。她很担心孩子们，但卡兰德先生却不准她去找医生——当然，他自己没生病。我是来警告你的。可是我答应过你不到你家去了，先生。"他说到这里扯了扯被撕破的衣袖，得意地夸耀道："约瑟夫还想阻止我呢。"

话才说完，他又像突然想到了什么似的张大嘴，惊愕地问："你的女儿？"

"我真的得走了，去找你爸爸。你最好到我家去换件干衣服，我会在路上跟你说明一切的。卡兰德先生发生了意外。"我爸爸解释着，扳着麦克的肩膀让他转过身。麦克没有抗拒，顺从地跟着他走了。走了没几步，我就听见他又追问："你女儿？"

他们离开后，康丝坦姨妈走回我身边，仔细地打量着我，再一把抱住我，将我紧紧搂在怀里，好一会儿才松手。我们面对着面坐下来，她一脸倦容，但神色轻松自在，开口道："我真不知道该从何说起。"

这一瞬，我恍然大悟地打断她的话，叫起来："你就是那个保姆，就是那个失踪的保姆！"

她绽出笑容，脸庞随之一亮，那熟悉的模样始终印在我的脑海里。"当然了。你妈妈请我带你走……丹尼尔认为，万一她有什么变故，这么做是最好的。"

"她知道吗？"

"关于伊诺克的事吗？我想她知道，但她不愿意承认。她一向都不太在乎她自己，但是，她很在乎你。她太了解伊诺克了，早就料到他会做出什么样的事，而我们却连想都没有想到。她死后，丹尼尔起初以为可以带着你继续留在马波罗，直到后来连续发生了几件怪事。有一回，宅子里甚至出现了一条蛇，爬到你的婴儿床上，玩具箱里。"她停顿半晌，似乎忆起了一件我猜不出来的事，继而才说："他写信请我过来，说要尽可能地保密。于是我便在夜晚抵达，还披着斗篷。我和他再三商量，最后决定最好的方法就是让你失踪。"

"为什么呢？"

"因为你有危险，而我是你的教母，你知道的。"

"不，我不知道，我怎么会知道呢？"

她又笑了："不管你知不知道，我都是你的教母。你想想看，当时我们别无选择。如果丹尼尔能够做到的话，他会把所有的财产都交给伊诺克，他会自食其力地抚养你，这么一来你也就安全了。可他做不到，因为根据遗嘱，他并没有交付财产的权力，再说，他也不确定你长大以后会有什么样的意愿。你是个有钱人家的孩子，你知道。"

"是吗？"我诧异地问，对我而言，那并不重要，"告诉我，后来到底发生了什么事？"

"当时，丹尼尔和我认为最可行的办法，便是让一切处于一种被遗忘的状态，直到你长大为止。所以我来这里最初的几个星期，便扮演着保姆的角色，这样我们俩之中就总会有一人在一旁守护你。一天夜晚，他驾车带我去伍斯特市，你睡在一个篮子里和我们同行。第二天早上，我提着那个篮子，像一个单身女子提着大型野餐篮一样，走进了火车站。那天下午，我们便抵达波士顿。于是，康丝坦·温赖特小姐就这样收养了一个两岁大的孤儿。"

"而这里甚至没有人知道她出了家门呢，因为大宅里根本就没有别人。"我说。

"是的。"她答道。

"卡兰德先生还雇了私家侦探。"

"我们曾猜测他会这么做，但并不确定。"

"我来这里之前，你为什么不把这些事告诉我？"

"我想过要告诉你的，但丹尼尔不让我说。"

"为什么不让说呢？"

"或许由他来告诉你，比我说要好吧。"康丝坦姨妈这么解释。

"才不是呢，我不这么认为。"我反驳。

"也许你是对的，"她答道，继而沉吟片刻才又说，"别忘了，他并不了解你，至少不如我了解你。我想，他也许是害怕财富的力量太强大了，在他确定金钱不会令你腐化之前，他不想告诉你。"

"就像卡兰德先生那样吗？"

"是的。还有一个原因——这只是我的猜测，他从来没有对我提起过什么——他想知道你喜不喜欢他。这是为他自己着想的，他并不是个好相处的人，如果你不喜欢他，他不会强迫你接受他的。他说，如果我在你来之前便把事情的真相告诉你，那样对你并不公平。但我并没有把握，毕竟你年纪还不够大，我其实不想让你走。”

“我已经够大了。”

“希望如此。”她说，“后来你写信给我，他也写信来，说你经常与伊诺克见面。我看了说不出有多担心。”

“他从来不禁止我跟卡兰德先生见面。”

“当然啦，他要你随自己的心意去选择。”

“可那样没道理呀，你想想看，他知道那么多事情。”我指出。

“或许是没道理吧。”康丝坦姨妈回答，“我猜，他是想要确定你的心意，他的自尊心很强的。”

“哦！”我不耐烦地叹了一声。接下来，我又想到自己真的处理得很差劲，虽然最后并没被卡兰德先生骗到。我总算明白蒂尔先生所做的努力了。末了，我若有所悟地说：“这都是我的错。”

“什么？”康丝坦姨妈正在聆听林间的风声，她问，“这里好安静，是吧？我一向最喜欢山上了。你说什么是你的错，亲爱的？”

"卡兰德先生。我对他做出的事，一如当年他对她所做的。"

听我这么说，康丝坦姨妈立刻正色看着我，指出："不，不是这样的。你要好好想一下，好好想一想。"

"我并不是故意要伤害他的，但他也说过，当年他也不是故意伤害他姐姐的。"我提出异议。

"你相信吗？"康丝坦姨妈柔声问，"我从来不认为，他真的明白自己在做什么，一如没有人能确定他会做出什么事。伊诺克做事从不考虑后果的，他总是一意孤行，为所欲为，却连对自己也不能说实话。你要想清楚，琼。"

我想了想，然后说："我明白了，但我还是要负责。"

"你是要为结果负责，但你并没有做错。我们稍后再跟你爸爸谈谈这件事情，好吗？"

"我爸爸……好奇怪呀。"我说。

"你会慢慢习惯的。"康丝坦姨妈牵起我的手，又说："你妈妈很爱他。"

"我知道。"我说，但我很怀疑他是否同样爱她或者他的孩子，也就是我。不过，看起来他还是用他自己的方式保护了我，而我却没有看到他的心意。这一点我无法欺骗自己。

我们就这么静静地坐了许久。康丝坦姨妈隔一会儿便走到瀑布边缘去查看一下，看看下面的情况有没有变化。我不敢去看。康丝坦姨妈让我安心，说我没有必要去看。"他并没有移动，身体的大部分不在水里。再说，他知道我们在这里。丹尼尔去求助了，你现在也帮不上忙。"

接着她以平静的语气跟我聊起了她的好友——我妈妈的事。我也说了一些处理文件时的情况。我讲到上星期那些事情相继发生时，她不让我再说下去了，告诉我："等你头脑清醒、心情稳定一些了再说吧。你已经一连经历了几次惊吓了，琼，现在你一定要好好休息。"

又过了很长的一段时间——至少我觉得很久了——我爸爸终于在瀑布对面呼喊我们："康丝坦，琼，医生已经到下面去看伊诺克了。巴沃太太让你们回大宅去吃午饭，麦克正在那里等着你们呢，他已经等得不耐烦了。"

转身准备离去时，我看到卡兰德一家人正朝瀑布走来。维多利亚扶着她妈妈，本杰明走在最前面，匆匆地大步走着。约瑟夫则浑身脏兮兮的，像刚刚在泥土里打过滚似的。这是我最后一次看到他们。

回到大宅后，我们坐下来吃午饭，巴沃太太也跟我们一起吃。麦克换上了一套男用工作服，脸已经洗过了。

"一切都还好吧？温赖特小姐，是吧？"巴沃太太问康丝坦姨妈，姨妈点了点头。巴沃太太接着对我说："我一直都好担心，如果我知道你在想什么……呃，我一定会告诉你一些事的。可是，蒂尔先生交代我不许跟你嚼舌，我也就没跟你多说啦。但如果我知道你心里是怎么想的，我一定会说的，才不管他交代什么呢。我在想……这是真的吗？你就是那个小女孩？"

"是的。"我答道，无法再多说什么。

"哦，我真是想不到呢。"她叹着。

"到底是怎么回事？"麦克问我。

"康丝坦姨妈就是那个保姆，"我告诉他，然后装模作样地提醒他，"就是那个满脸皱纹的老巫婆。"

"我跟你说过，那只是外面的谣传。"

"那会儿你为什么不从蒂尔先生——我爸爸的大宅旁边绕过来？你应该知道那很重要。要不是康丝坦姨妈坐夜班火车赶来，又在半路上遇见我爸爸……而你却忙着和约瑟夫打架！"

麦克张开嘴要辩驳，随即又打住，改口说："你说得对，我是不够聪明，我真笨。"

他的单纯和诚实让我感到惭愧，于是我说："我们两个都一样。"

"什么意思呀？"

"我也很笨啊。"我承认道。

"你又走上那道木板桥了吗？"麦克问。

"他也上去了。"

"你这个白痴！"

"我怎么知道？"我替自己辩解，"他假装脚踝受伤，我还以为他需要帮助呢，我怎么知道他是装的？"

"我早就跟你说过了，他就像蛇一样狡猾！"麦克提醒我。

"我觉得呀，"康丝坦姨妈心平气和地说，"在这件事上，你们两个都没用头脑，所以，我们还是不要提这件事了吧。"

听到康丝坦姨妈用那种在教室里上课时的口吻来纠正我的错误，我反倒松了一口气。相形之下，可见我过去几天来真是一塌糊涂。

"他死了吗？"麦克问。巴沃太太听了倒抽一口气，伸手按住了我的手。

"没有。"康丝坦姨妈答道，"他没死，但应该伤得不轻。"接着，她忽然低头捂着脸哭了起来，把我吓了一大跳。

"别这样，康丝坦姨妈，你别哭啊。"我央求着。

"嘘，别吵，让她哭吧，"巴沃太太劝说道，"你们两个真让人操心，换了谁都会哭的。"

康丝坦姨妈反而不哭了，抬起头来笑了一下，说道："也不全是因为这个，谢谢你。"她说完用手帕擤了擤鼻子，继续哭道："整个夏天我都好担心，你这一走，勾起过去的好多回忆，往事也都历历在目。"

"泪水可以洗净心灵。"巴沃太太说道，"现在再来一壶茶，安定一下情绪吧。我想蒂尔先生不会那么快就回来的，我待会儿再替他准备一份午餐，这样我才有得忙。你们可以去图书室等，我在壁炉里生了火。也不知道为什么，今天早上觉得屋里好冷，我又没有别的事可做，就干脆生了火。有了温暖的火，再加上一壶好茶，就更棒了。"

"你们可以等我一下吗？"我征求康丝坦姨妈的同意。

"你不是要告诉我们发生了什么事吗？"麦克问。

"我会说的，我答应你们。但稍微等我一下，我想先去看一样东西。"我向康丝坦姨妈解释。

她莫名其妙地看着我，可我不想再多说了。最后她终于点点头说："我和麦克在图书室等你，也许麦克会想让我了解一下他的拉丁语学得怎么样了。"

麦克先是叫了一声苦，随即看了姨妈一眼，勉强答应了，但还是说："过去几天我们都没上什么课。"

"千万不要找借口。"康丝坦姨妈告诉他。

我穿过厨房，走出宅子的后门，经过花园，朝画室走去。其实我也不清楚自己到底想看什么，我只知道必须去窥视一下蒂尔先生——我爸爸的内心世界。现在我还只认识到了他的表面，也明白不能期望他会有所改变，但我还是想深入地观察他的内心，以确定他到底是我妈妈那张充满爱意的信笺里提到的，那个真诚的男人，还是卡兰德先生口中所形容的那个人。我知道，卡兰德先生虽然撒谎了，但他所说的并不全都是谎言。如果我要当琼·蒂尔而不是琼·温赖特，那我一定要有更深入的了解，我要清楚我爸爸这个人的真实性格。我想，比起其他方面，我在他的画作中应该更能看出他的真性情。

推开画室的门，一幅大型油画立刻映入了我的眼帘。油画挂在这间明亮的画室正中央，是一个女人和小孩的肖像。那小女孩正在学走路，女人朝她伸出双臂。母女俩站在瀑布旁的林地里，后方的山毛榉仿佛在和风中轻轻摇摆。远方山峦环绕，就像在无声地护卫着她们。碧空如洗，温煦的阳光照在她们身上，黑眼睛的小女孩和黑发的妈妈，两人都弯着身子倾向对方。此情此景，我几乎可以听见画中女人轻柔的笑声。这个画面如此完美地抓住了人物瞬间的动作，所以不可能是实景描绘的。小女孩的脚丫这样地提起来，可能会摔倒，也可能会成功地跨出下一步，都有可能。这幅画是根据记忆来完成的，画里的每一处线条、笔触和细节，都可见画家心中的爱意。

我站在画前，忍不住流下了眼泪。这是因为喜悦、悲伤还是单纯的欣赏，我自己也难以分辨了。

爸爸突然出现在我身旁，递给我一条手帕，叮嘱我说："擤擤鼻子。"

"你以前跟我说，你不画肖像的。"我说。

"不知道你是否记得——我是说我不画我不了解的题材。"他纠正我，"不过，孩子比较容易了解。"

"我不是孩子。"我提醒他。

他看着我，没有回答。

"她也不是孩子。"我指着画中的女人。

"不是。"他同意。

我惊讶地抬眼注视着他，心想我这么轻易便流露了心声吗？他的黑眼睛专注地看着我。我们互相凝视良久，最后我承认道："好吧，在某方面来说我是个孩子，但是我就快满十三岁了。"

"是啊，我现在画不出你了。"他认同我的话。

"当然了，过一阵子你可能会想画的。"

他听了我的话，微笑起来，我也不由自主地对他微笑。我们转身走回大宅，那里还有许多事情需要处理。

第十六章

最后的重要成果

　　还有什么没有说呢？好像所有重要的事我都已经交代了。再说，那些可怕的事情过去了之后，所谓的重要的事也随之改变了。也许康丝坦姨妈说得对，我们的行为所造成的后果才是最重要的。

　　卡兰德先生，我的舅舅，从那以后就再也没有开口说过话。医生说，找不到他丧失语言能力的原因，至少从医学上无法解释。如果他想说话，应该也能开口，只是他拒绝努力。或许是因为双腿再也无法行走了，他有些自暴自弃。也有可能是因为，他之前的期望太高，放手一搏后却又输得一败涂地，就再也振作不起来了。麦克威廉斯医生说，他将在轮椅上度过余生，波士顿的医学专家、伦敦和维也纳的名医们也持有相同的看法。

之前我说过，自那以后我就再也没见过他们一家人，但爸爸和我始终照顾着他们。卡兰德先生的身体基本康复了之后，便随家人到欧洲去了。现在他们住在德国的一家小旅馆里，邻近阿尔卑斯山温泉疗养胜地。据说，那里的温泉水有时能创造奇迹。我们通过慕尼黑的一家银行寄钱给卡兰德太太，金额要高过他们的生活所需。她每年会写一两次信来报平安，说他们一切都好。约瑟夫已经开始负担家计，经营着一处用卡兰德家族一半的财产所购买的产业；维多利亚不时参加音乐会、舞会什么的，有不少追求者；本杰明则在慕尼黑一家银行里实习。从卡兰德太太的每一封来信中，我可以看出她变得越来越清醒、快乐和坚强了。那次意外发生大约一年半后，她寄了一封信来，末尾处写了一句很奇怪的话。她说第二次的木板桥意外，是他们家所遇到的第一件好事。

我觉得她说得没错，虽然当时我不懂她的意思，但现在我明白了。对他的妻子儿女来说，卡兰德先生就像一面扭曲的镜子，使他们都变形、扭曲了。他像乌云一样笼罩着他们，让他们都怕他，尤其是他的妻子。而在他变得失语无助之后，他的妻儿反而像拨开乌云见晴天了。卡兰德太太从此逐渐恢复了自己以前的个性，虽然不是特别精明能干，但是亲和、慷慨而有爱心。尽管她不再让孩子们接近卡兰德先生，但她也绝不会离开他。她爱他，即使他变成了现在这个样子。这一点我能理解。

麦克的拉丁语学得越来越好，已经通过了考试，他决定完成哈佛大学的学业之后再去攻读医学。他没有太大的变化，只是长高了，声音变得更加低沉。他的内心依然有些狂野不羁，很可能永远都是这样了。

我还是不太习惯当一个拥有万贯家财的继承人，而我爸爸则希望我永远也不要习惯。那个夏天快结束的时候，康丝坦姨妈和我回到了剑桥。等到冬天爸爸也搬了过来，我便和他住在一起。但我很想念学校的生活，想念那些小女孩，想念我的花园，想念星期六的散步时光，还有那些在书房里与康丝坦姨妈的安然的闲谈。我想念与她的亲密关系，所幸我和爸爸住得离学校并不远，我可以每天照常去学校，因此并未与她分开。不过，我也很喜欢现在的新生活，喜欢和爸爸渐渐培养起来的父女之情。有时候，我会觉得他和我一直都在一起，仿佛过去十年的分离只不过是短短的一天。当然，我们也会有心情不好或者闹别扭的时候。有一次我无意间瞥见他死死地瞪着我，就好像那十年的分离还不够久似的。其实有时候我也会以那样的目光瞪着他。他继续画画，名气越来越大。后来我们每年夏天都会回马波罗住一段时间，我渐渐习惯了他的存在,他也一天天习惯了我,正如巴沃太太所说,我们俩相处得很不错——巴沃太太非常清楚我们之间的情况,她现在可是两幢大宅的管家。

这些日子最重要的成果,花了最长的时间才完成——我不知道为什么他们不如我清楚什么是该做的。不过,康丝坦姨妈一向坚持对任何事情都要好好想一想。最后,我爸爸终于求婚成功了,我一直都觉得他早就该那样做了。以往每次我唠叨着催促他们结婚时,他们总说我还是小孩子,很多事都不懂。但我觉得我比他们懂事多了,不过这话我没说出口。比如,我猜康丝坦姨妈一直在担心我爸会要求她结婚后放弃学校的工作,但其实,我爸压根儿都没想过要提这种要求,他可不想总是被一个没有独立自主能力的女人使唤。我还怀疑康丝坦姨妈觉得这事很难为情,因为多年来她一直过着引以为傲的单身生活,没想到最后还是要嫁人。

我爸爸形容自己的性格是小心谨慎、不屈不挠。我们俩第一次一起在剑桥过冬的时候,我跟他说,康丝坦姨妈以前说过自己和他是同一类人。他听了先是大笑一阵,继而沉默了半晌才说:"我懂了。"我想他是真的懂了。我们的想法一致——我爸爸和我。

图书在版编目（CIP）数据

阁楼里的秘密 /（美）沃伊特著；李广宇绘；麦倩宜译. —昆明：
晨光出版社，2013.1（2025.5重印）
（The Callender Papers）
ISBN 978-7-5414-5417-2

Ⅰ.①阁… Ⅱ.①沃… ②李… ③麦… Ⅲ.①儿童文学－长篇小说－
美国－现代 Ⅳ.①I712.84

中国版本图书馆CIP数据核字（2012）第320606号

本书中文简体版由西蒙·舒斯特雅典娜少儿图书出版公司〔美〕授权云南晨光出版社有限
责任公司独家出版。未经出版者许可，任何单位或个人不得以任何方式复制、摘录或抄袭
本书中的任何内容。

著作权合同登记号 图字：23-2012-142号

GE LOU LI DE MI MI

阁楼里的秘密

出 版 人 杨旭恒

作 者 〔美〕辛西娅·沃伊特
翻 译 麦倩宜
绘 画 李广宇
项目策划 禹田文化
责任编辑 李 政
项目编辑 付凤云
美术编辑 刘 璐
封面设计 萝 卜
版式设计 孙美玲

出 版 晨光出版社
地 址 昆明市环城西路 609 号新闻出版大楼
邮 编 650034
发行电话 （010）88356856 88356858
印 刷 北京润田金辉印刷有限公司
经 销 各地新华书店
版 次 2013 年 3 月第 1 版
印 次 2025 年 5 月第 32 次印刷
开 本 145mm×210mm 32 开
印 张 8
ISBN 978-7-5414-5417-2
字 数 140 千
定 价 24.00 元